99回断罪されたループ令嬢ですが
今世は「超絶愛されモード」ですって!? 2
～真の力に目覚めて始まる100回目の人生～
裕時悠示
イラスト ひだかなみ
Story by Yuji Yuji
Illustration by Nami Hidaka

CONTENTS

99回断罪されたループ令嬢ですが今世は「超絶愛されモード」ですって!?

～真の力に目覚めて始まる100回目の人生～

She is a looped daughter
who has been condemned 99 times,
but in this life she is in
"SUPER-LOVED MODE"

2

裕時悠示
イラスト ひだかなみ

Story by Yuji Yuji
Illustration by Nami Hidaka

◆1章

ヘヴンローズ城にて、聖女デボネアとの「100回の人生」にわたる戦いに決着をつけてから、およそ一年が経過していた。

世界を巡る冒険の旅に出たアルフィーナは、どうにかこうにか、追いかけてくる鬱陶しい男ども――ライオネット皇子とヤヴンロック王子、おまけのキスリングから逃げ延びることに成功して、隠れ家のあるアマゾネの森へと帰還した。

執事のヒイロと、弟のカルルを伴っている。

カルルは今年、十一歳になった。

本来なら、初等学院の五年生となる年齢だ。

魔法にかけては天才だから、学校に通わなくとも魔導師や魔道具師になって生計を立てていくことはできるだろう。だが、このままずっと姉と一緒というわけにもいかない。一般常識や人との付き合い方も覚えなくては、シルヴァーナ公爵家を継いでいくことはできないだろう。

――カルルと別れるのは、すっごく寂しいけど！

弟を溺愛するがゆえに、アルフィーナは心を鬼にして言った。

「カルル。あなたは公爵家に戻って、学院に復学しなさい」

「……？」

ふぇ？　みたいな形に唇を小さく開いて。

きょとん？　って瞳でじっと見つめてくる弟に、アルフィーナは鼻血を盛大に噴射しそうになった。この愛《いと》おしさ、殺姉級。

「きょとん、じゃないでしょカルル。あなたももう十一歳。学院に戻ってお勉強して、将来は立派な学者か大臣にでもなって、あのボンクラだらけの帝国を導いていかなきゃいけないのよ」

なにせライオーン帝国ときたら、聖女を名乗る一匹のブタさんにいいように操られてしまった過去がある。

そのせいでアルフィーナは不本意な死を99回繰り返さねばならなかったのだ。

カルルのように聡明《そうめい》で賢い子に高い地位についてもらわなくては、いずれどこかの国に攻め滅ぼされてしまうかもしれない。隣国ヘヴンローズと修好条約が結ばれたとはいえ、他にも脅威となる国はたくさんあるのだ。

帝国が滅ぶのは一向に構わないが、カルルや両親までそれに巻き込まれてしまうのは、理不尽というものである。

そんな姉の思いを知ってか知らずか、カルルは頑なな表情で首を横に振った。

「やだ」

「やだって……」

「やだ！　ぼくは、学者さんになんかならない！　ねえさまのおよめさんになる！」

「ブハァァッッ‼」

今度は本当に鼻血を噴き出してしまったアルフィーナ、それを予測していたヒイロが素早く差し出したハンカチを受け取り、鼻を押さえた。

「いやカルル。だめよカルル。男の子はお嫁さんにはなれないんだから。基本的には」

いろいろと間違いすぎている弟を諭すと、

「やだ！」

と、カルルはぷいっ、とそっぽを向いてしまった。ヒイロの「そもそも姉弟なので結婚できませんが」というつぶやきも聞こえていない。

「そんなわがまま言わないで。カルル」

「……」

「お父さまやお母さまも心配なさっているのよ。この前届いた手紙にも『カルルだけは家に戻しなさい！』って、そこだけ超ぶっとい赤インクで書いてあったし」

赤インク……だったと思う。

母の怒りと怨念のこもった血文字とは思いたくない。

――う～ん、なんて説得したものかしら？

アルフィーナが首をひねっていると、ヒイロが口を開いた。

「離ればなれになるのがお寂しいということでしたら、学院に通われるカルル様をおそばで見守るというのはいかがでしょうか？」

「おそばって言われてもなぁ。あたしは貴族に戻りたくないし」

「公爵家へ戻るのではなく、アルフィーナ様も学院に通われればよろしいではありませんか」

「ええええ、いまさら学校に？」

アルフィーナは学校があまり好きではない。実地で何かを学ぶのは嫌いではないが、「座って誰かの話を聞く」というのが無理なのだ。だから高等学院を卒業後、母の反対を押し切ってアカデミーには進まなかった。

「生徒としてではありません。教師になるのです」

「教師？　あたしが？」

「御意です。初等学院の教師となって、カルル様の学院生活をおそばで見守るのです。方法はこのヒイロにお任せください。今のアルフィーナ様であれば、魔法でも体育でも、好きな科目を教えることができるでしょう？」

「……なるほど」

その手があったか。

カルルも乗り気のようで、

「ねえさまが、せんせいっ？」

なんて、瞳を輝かせて身を乗り出している。これなら言うことを聞いてくれそうだ。

「しかたないわね……」

森で自然とたわむれる生活に未練はあるが、カルルと別れたくないのは自分も同じ。学校はともかく子供は嫌いじゃないし、カルルが初等学院を卒業するまでのあいだ教師を経験してみるのも悪くないと思う。

「じゃあ、いっちょやってみますか！」

「御意！」

そういうことになった。

まさか学校嫌いの自分が教師になる時がこようとは。

１００回も生きていると、様々なことが起こるものである――。

◆

それから二週間後――。
カルルは五年生の三学期から復学ということになった。

旅に出ていて未学習だった一年間のカリキュラムは、たった三週間の補習授業でこなしてしまった。これには両親も学院の先生方も舌を巻き、あらためてカルルが天才であることが証明されたのである。

さて、その天才児の姉君のほうはといえば――。

「アルフィーナ様、吉報です。臨時教員採用試験の合格通知が届きましたよ」

「えっ、受かっちゃった？」

さっそく読んでみる。

三学期から五年一組の副担任を受け持つように――という旨の文章が書いてあった。

「正直、落ちると思ってたわ」

一週間前に学院で行われた採用試験を受けたのであるが、散々だったのである。筆記試験はズタボロだったし、実技試験は中級魔法「迅雷」を唱える課題を超級魔法「轟雷《ごうらい》」をぶっ放してしまった。

「あれには試験官の方々も目を剝《む》いていらっしゃいましたね。さすがアルフィーナ様です」

「……はは……」

ヒイロは褒めてくれているが、単にありあまる魔力を持て余してしまっただけのことである。

受かるなら体育教師のほうだと思っていた。そちらのテストは抜群だったのだが、どうもそっちは人手が足りているらしい。

今回、アルフィーナの身分は「元・極東国魔法局の魔導師で、現在は修業の旅をしている」という設定にした。書類をでっちあげ、名前も「アルーシャ・ミア・アリス」と変えて、いつもの認識阻害魔法も使ってある。

かつての偽名「アルル・フィア・アーネス」は使わないことにした。

万が一にも、ライオネット皇子の耳に入ったら、正体がバレてしまうからだ。

「ま、今の殿下にあたしを追いかけ回す暇はないでしょうけれどね」

隣国へヴンローズとの関係が良くなったおかげで軍事費が縮小され、軍人は暇になった。諸外国でも人気が高いライオネットは外交に駆り出されるようになり、毎日どこかの国の来賓とのお茶会や晩餐会《ばんさんかい》に明け暮れているのだという。

「このまま、どこかの国のお姫様と結ばれてくれればいいんだけどなぁ」

「それは、ないでしょう」

主《あるじ》の希望的観測を、執事はあっさり否定した。

「ライオネット殿下は純情一途《いちず》なご性格でいらっしゃいますから、他の女性に目移りすることはありえないと思います」

「……むむ……」

確かにヒイロの言う通りなのだが、それでは困るのである。

「今のあたしは公爵令嬢じゃなくて一介の庶民だもの。たとえ殿下が望んでも、あたしとの婚約なんて他の皇族や貴族が許さないでしょうよ」

「純情一途なだけでなく、障害が大きければ大きいほど燃えるご気性のようにも思います」

「やめてよ、もう」

アルフィーナは自分の手で頬をぱたぱたと扇《あお》いだ。どうにもこうにも恋バナは苦手である。体質的に恋愛に向いてないのだ。才能がない、と言い換えてもいい。学生時代も、みんなが「どこどこの誰がかっこいい」だの「誰々と誰々が付き合っている」だの、そういう話題にまったく興味が持てなかった。これはもう「才能がない」ということであろうと思っているし、それで困ったこともない。

「なんにせよ、忙しい皇子が初等学院に来たりしないでしょ。ということは腹心のキスリングも来ないし、あとは……」

「ヤヴンロック王子は、どうでしょうね？」

黒薔薇《くろばら》の君と呼ばれる隣国王子の名を、ヒイロは口にした。

「あっちはあっちで忙しいんじゃない？　ヘヴンローズはいまだに王位継承問題が燻《くすぶ》ってるらしいから」

「第七王子のヤヴンロック様が王位継承筆頭になるくらいですからね」

「そうそう。帝国に遊びに来る暇なんてあるはずないわよ。っていうか、そうであって欲しい！」

そう願わずにはいられない。

アルフィーナが持つ「読心」の古代魔法は、いまだ健在である。

また、あの熱烈音痴なラブソングを聴かされてはたまらない。今は亡き聖女の「ッシャッシャ」

という笑い声と双璧である。

「アルフィーナ様。教師として生活するにあたり、読心の魔法は封印したままのほうがよろしいかと」

「ええ、あたしもそう思っていたわ」

心が読めるというのは、恐ろしい魔法だ。

もしそんな魔法使いが存在したら、アルフィーナだって近づきたいとは思わない。自分の内心が筒抜けになるのだから。もしバレたら、迫害を受けてしまうかもしれない。アルフィーナが帝国を離れたのは、そういう事情もあるのだった。

旅のあいだは、ずっと「封印の腕輪」をしていた。

白い魔法石がはめられたこの腕輪をしている限り、読心魔法は発動しないようになっている。

「でも、いざという時は外すわよ」

「はい。御身やカルル様に危険が及んだ時には、躊躇《ちゅうちょ》なくご使用ください」

「ま、子供たちの学び舎《や》でそんなこと起きないでしょうけどね」

過去はともかく、しばらくは教師の身分。学院の敷地内にある職員寮に住むことになる。

「ヒイロ。あなたも猫さんになってついてきてね」

「もちろんです！　いついかなる時でも、おそばにおります！」

◆

あっという間に初登校、初出勤の朝になった。

帝立メルビナ初等学院。

実はアルフィーナの母校でもある。


「おっはようございまーす！」


職員室に明るい声を響かせた「アルーシャ先生」ことアルフィーナは、教職員たちのビシッとした真面目な視線に出迎えられた。

——うう。やっぱりここの雰囲気、苦手だわ〜。

なにしろ学生時代は主に「呼び出されるほう」だったので、良い思い出がない。いたずらをしてはしょっちゅうガミガミ叱られていた。

その学院に、仮初めとはいえお勤めすることになろうとは、「人生は神話《テーバ》より奇なり」という祖母の言葉をあらためて噛《か》みしめる。


「お待ちしておりましたよ、アルーシャ先生」

そう言って立ち上がったのは、ブラウスにロングスカート姿の中年女性である。歳は五十半ばくらいか。ひっつめ髪に白髪が目立ち、眼鏡ごしに見える灰色の瞳は険しくて鋭い。

ちなみにアルフィーナも似たような服装、髪型である。女教師の制服のようなものだ。地味だし動きにくいが、毎日着ていく服に悩む必要がないのは助かる。いちおう、変装のため眼鏡もかけている。

「教頭のベロア・シィ・カスクートです。この学院に慣れるまで、あなたの監督を務めます。よろしくお願いしますね」

「こ、こちらこそよろしくお願いします！　あたしのことはアルとお呼びください！」

挨拶しながら、背中には冷や汗が流れている。

なにしろこのベロア先生は、アルフィーナのかつての担任である。この職員室で何度お小言を喰《く》らったか。「アルフィーナ嬢！　また窓から教室に入ってきましたね！　ドアから、いいえ、母君のお腹《なか》からやり直しなさい！」「あらアルフィーナ嬢、熱心にお空をながめて。ニワトリでも飛んでいましたか？　先生の授業もそのくらい熱心に聴いてくれたら嬉《うれ》しいわあ」などなど、毒舌と罵倒の数々、思い出すのも嫌になる。そのトラウマが疼《うず》くのであった。

「……に、逃げたい……」

「何かおっしゃいましたか？　アル先生」

「いっ、いいえ？　なにもぉ⁉」

ぶんぶんぶん、高速で首を振るアルフィーナを見て、ベロアは眉をひそめた。

「もっと気品をもって、慎み深い振る舞いを心がけなさい。このメルビナ学院はライオーン帝国きっての名門、数々の偉人や淑女たちを世に送り出してきたのですから」

「ええ、存じております」

「なかでも『至高なる真紅《グレーテスト・ヴァーミリア》』アルフィーナ・シン・シルヴァーナ公爵令嬢は、我が校の誇りです」

「ぐ、ぐれ？」

自分の名前をおおげさな二つ名とともに出されて、アルフィーナは目を剝いた。

ベロアはうっとりとした表情で語り出した。

「あなたは極東のご出身だからご存じないかもしれないけど、彼女は我が帝国『最新』の偉人なのよ。『黒き聖女』が帝国を壟断《ろうだん》しようとしているのをただひとり察知し、自らの刑死と引き換えにその罪を暴いたのですから」

これには驚いた。

まさか、自分の「首ぽ〜ん」がそんな風に解釈されていたなんて。

「あのう、いったい誰がそんなデタラメを？」

「デタラメとはなんですか、ライオネット殿下が噓《うそ》をおっしゃっているとでも？　不敬ですよ」

「…………」

やっぱりか。

どうもあの皇子様は、元・婚約者のことを美化しすぎている。

自分が生きているということを秘密にしてくれているのはありがたいのだが、誤解を招くような褒め殺しはやめて欲しいと思う。聖女の陰謀を暴いたのは事実だが、それは帝国のためではなく、あくまで自分の人生のためだったのだから。

「殿下によれば、アルフィーナ嬢は自らの命を触媒として聖女の強制魔法《ゲイアス》を打ち破ったのだとか。その尊い犠牲に皇帝陛下も涙され、彼女の葬儀は国をあげた〝帝国葬〟として行われたのですよ」

「アッハイ」

そのことは、旅先の新聞で知った。

自分が華々しく盛大に弔われる様を見るのは、なんとも奇妙な気分だった。思わず「アルフィーナとかいうご令嬢、さぞ立派な方なんでしょうねえ。会ったことないけれど」なんて遠い目をしてつぶやいてしまい、カルルとヒイロを心配させてしまった。

「『黒き聖女』の陰謀が進行していたら、帝国は滅んでいたかもしれません。アルフィーナ嬢はまさに救世主、私は彼女が教え子であったことを誇りに思います！」

「は、ははは、それはそれは」

お小言しかもらったことありませんでしたけどね、と心の中で付け加える。

「そういうわけですから、あなたにはこの栄えある名門に相応しい教師となれるよう！　私がきっちりと監督しますので、そのおつもりで」

「はぁ～い」

げんなりとした返事になってしまうアル先生であった。

◆

というわけで――。

アルフィーナは五年一組の「副担任」ということになった。

カルルが在籍するクラスだ。

これは意図したものではなく、まったくの偶然である。

「これも日頃の行いが良いせいね！」

「何かおっしゃいましたか？　アル先生」

「い、いえ何も！」

「あなた、ずいぶん独り言が多いわね。クセなの？」

「イヤその。ちょっと緊張していまして！」

誤魔化すアルフィーナを見て、ベロアはフムと頷《うなず》いた。

「まだ授業開始には時間がありますので、クラスの下見をしてみますか？」

「下見？」

「ええ。あなたが受け持つクラスの様子を前もって見ていくと良いでしょう」

ベロアの後に続いて、アルフィーナも職員室を出た。

――変わらないわねえ、この校舎も。

自分にとっては懐かしの学び舎、当時とまったく同じ風景が広がっている。建物は古いが掃除が行き届いているため清潔感があり、廊下には在校生の描いた絵画、初級魔法でクラフトした魔道具などが展示されている。歩くとちょっとギシギシするこの床の踏み心地もまったく同じ、思わず嬉しくなってギッシギッシ鳴らしてしまった。

「アル先生。そんな風に歩くと床が傷みますので」

「も、申し訳ありません！」

廊下の突き当たりで左に曲がろうとしたアルフィーナだが、ベロアは右に曲がっていった。

「先生、五年一組の教室はこっちでは？」

ベロアは目を丸くした。

「よくご存じですね、アル先生。初登校だというのに、もう教室の場所を把握しているの？」

「え、ええ、昨夜、いただいた資料を読み込みましたので！　おほほ」

「それは感心ですね。教室を向かい側の廊下から覗《のぞ》こうと思いますので、こちらで良いのです」

五年一組のある校舎と、ちょうど向かい合わせになっている校舎にやって来た。

ここの廊下の窓なら、教室の様子がよく見える。

「あなたが受け持つ生徒たちです。よく観察しておいてくださいね」

二十人ほどの子供たちが過ごす様子が窓越しに見える。それぞれおしゃべりしていたり、読書していたり、予習していたりと過ごし方は様々である。

そんな中、アルフィーナは探していた弟の姿を見つけた。

カルルは窓際の列、後ろから二番目の席に座って、五人の生徒に囲まれていた。

五人は口々にカルルに言葉を投げかけている。何を言ってるのかまではわからない。

カルルはじっと口を閉じたまま、前を向いている。

その光景に、アルフィーナの心臓がどきりと不吉な音を鳴らした。


──まさか、また、いじめられてるんじゃないでしょうね？


カルルは滅多に感情を表さない子だ。

巨大すぎる魔法の才能の代わりに、感情を母親の胎内に忘れてきた──なんて言われたこともある。

言葉を発することも極端に少ない。

ゆえに「人形」なんてあだ名をつけられて、いじめられていたことがあった。

そのいじめっ子たちには、アルフィーナがばっちり仕返ししてやったのだが、まさか今、それが再現されているのだろうか？

もしそうなら、あたしが出て行ってやっつける！

教師としての立場も忘れて大人げなく拳を握りしめ、アルフィーナは「遠聴」の魔法を発動させた。

その名前の通り、遠く離れた場所の音を聞き取ることができる魔法である。

アルフィーナの耳に、教室のおしゃべりが流れ込んできた。

弟がいったいどんな悪口を言われてるのかと思いきや……。

『カルルくん、教科書のここの問題、おしえてくれない？』

『カルルくんのおかげで最近成績あがったって、おかあさまに褒められたの！』

女の子二人がそんな風に言うのを聞いて、アルフィーナはきょとんとなった。

『なあカルル、今日の昼はみんなで球蹴りしないか？』

『いや、それよりも裏山で虫取りしようぜ！　すっごい穴場見つけたんだ！』

今度は男の子二人に誘われている。

以前では考えられないことだった。無口で無感情なカルルがこんな親しげに話しかけられていることなんて、アルフィーナが知ってる限りなかったのに。

当のカルルはいつもと同じく無表情だが、頷いたり首を振ったり、ぽつりぽつりと返答はしている。

無口なりに、クラスメイトとの会話は成り立っているようだ。

——ああ、カルルったら、立派になって！

弟の成長に目頭が熱くなり、思わずハンカチを取り出してしまう。

ベロアが言った。

「カルルくんは、あいかわらず人気者のようですね」

彼女に声は届いてないはずだが、ベテラン教師ゆえ、見ただけでわかるようだ。いじめを疑ってしまったことをアルフィーナは恥じた。

「アル先生は、あの赤い髪の少年のことをご存じ？」

「え、ええ、噂《うわさ》くらいですが。シルヴァーナ公爵家のご令息で、魔法の天才だとか？」

「その通り。そして、あのアルフィーナ様の弟御でいらっしゃいますので、人気者になるのも当然でしょう？」

「…………はあ？」

なぜ自分の弟だと人気者になるのだろう？

さらに女の子三人組がカルルに近づいてきた。

『ねえカルルくん、この前のおはなしの続ききかせて？』

『お姉様のこと、もっときかせて？』

『至高なる真紅様《グレーテスト・ヴァーミリア》のこと、もっと知りたいの！』

すると他の子たちも目を輝かせて、「聞きたい聞きたい！」と身を乗り出してきた。

カルルの小鼻がぷくっ、とふくらむのが遠目にも見えた。

『ねえさまは、ぼくが困ってるときいつも駆けつけてくれる！　優しくて綺麗《きれい》でかっこいい、世界

―素敵なねえさま！』

「？　どうしました、アル先生？　急に頭を抱えて」

「い、いえ、その、おほほほ！」

アルフィーナの顔は真っ赤である。

『アルフィーナさまは、黒き聖女をやっつけたんだよね？』

『うん！』

『皇帝陛下を操っちゃうようなヤツを、どうやってやっつけたの？』

『ねえさまは、ぼくよりも強力な魔法がつかえるから。剣の腕もすごい。あのライオネット殿下が一目置くくらい！　頭もよくて、殿下の参謀のキスリングさんも認めてるし、もちろん綺麗で、隣国のヤヴンロック王子にも好かれてるくらい！』

次々と飛んでくる恥ずかしい褒め言葉に、アルフィーナはいちいちのけぞった。

『アルフィーナさますてき！　殿下とヤヴンロック様おふたりに愛されてるなんて！』

『やっぱりうちの父さまの言うとおり、すごいんだね、アルフィーナさまって！』

『うちの母さまも言ってた。アルフィーナさまがいなかったら、聖女に帝国がほろぼされていたかもしれないって』
『うちのおじいさまなんてさ、泣いてたよ。聖女の魔法にかかっていたとはいえ、アルフィーナさまを悪く言ってしまったって。死んでおわびしたいくらいだって』

――なんだかあたしの名声、思った以上にヤバイことになっちゃってる？

ヒイロから帝国の情報は定期的に聞いて、ある程度は知っていた。

だが、自分の目と耳で確認すると、あらためてその「過大評価」っぷりが感じられてどうにもこうにも、むずがゆくてしかたがない。聖女の「強制魔法《ゲイアス》」に直接かかっていた大人の貴族はともかく、その子供にまでアルフィーナの話が広がってるとは思わなかったのだ。


頼むから、これ以上噂に尾ひれをつけないで！

そう思うアルフィーナだが、

『ぼくも聖女に洗脳されていたから、みんなの父さまや母さまをうらんでない。これからはもっともっと、アルフィーナねえさまのすばらしさを伝えていこうとおもってる！』


……と、当のカルルが火に油を注いでいくスタイルなのでどうしようもない。

『そうね！　アルフィーナさま最高！』

『救国の英雄、アルフィーナ・シン・シルヴァーナさま！』

『至高なる真紅《グレーテスト・ヴァーミリア》さま！』

『最近、マネをして赤く髪を染めるのが街で流行《はや》ってるんですって！』

『いいなぁ、わたしも染めようかな！』


アルフィーナは真面目な顔でベロアに向き直った。

「教頭先生。新しく規則を作り、赤く髪を染めるのは禁止にしましょう」

「はあ？　どうしたんですか急に」

「ともかく禁止に！　お願いですから！　ねっ！」

生徒だった時は「規則を守りなさい」とうるさく言われたベロア先生に、まさか、自分が「規則を作ってください！」と懇願することになろうとは……。


まったく、人生は神話より奇なり、である。

◆

いったん職員室に戻ったアルフィーナは、ベロアから五年一組の担任を紹介された。

「はっじめましてアル先生！　ベアード・マクガイヤーです！」

熊のような巨体に似つかわしい、豊かな声量である。短く刈り込んだ髪といい半袖シャツから盛り上がった筋肉といい、いかにも体育教師という風情だが、意外にも専門は神聖魔法だという。

「こちらこそはじめましてベアード先生。新人ですが、どうぞよろしくお願いいたします」

「ハイよろしく！　一緒にクラスを良くしていきましょう！」

いかつい手と握手をかわした後、いよいよ教室へ移動した。

緊張しつつ、ベアードの背中に続いて教室へ入ると――好奇心に満ちた生徒たちのまなざしが、いっせいに出迎えた。

「ベアード先生！　その女のひとはだれですか⁉」

一番前の席に座っている金髪の女の子が挙手をした。カルルに話しかけていたひとりだった。どうやら噂好きらしく、先ほどと同じく瞳が好奇心に輝いていた。

「今日からみなさんの副担任を務めます、アルーシャです。気軽にアルって呼んでくださいね！」

はぁい、という素直な返事がかえってきて、ひとまずホッとする。貴族のお坊ちゃんお嬢さんばかりの学院だが、このクラスは素直な子たちが多いようだ。

カルルは、じっとこちらを見つめていた。

手紙であらかじめこの学院の教師になることは伝えてある。ゆえに認識阻害魔法は効かず、アルフィーナのことを認識できている。

だが、このクラスの副担任になることは今初めて知ったはずだ。

ふと目が合うと、カルルはこくんと頷いた。

口元がかすかに緩んでいるところを見ると、姉の副担任就任を祝福してくれているようだ。「ねえさまが先生なんて恥ずかしい！」みたいな反応をされなくて、とりあえずホッとしたアルフィーナである。

カルルの隣に座っているそばかすの男の子が手を挙げた。

「アル先生、ご出身はどちらですか？」

「極東の国よ」

「極東⁉　では、ニンジュツ使えますか？」

「あはは、残念ながら。でもオリガミでシュリケンくらいなら作れるわよ」

他の子たちも手を挙げ始める。

「先生！　彼氏さんはいますか？」

「か、彼氏はいないかなー。帝国にはまだ来たばっかりだから」

「じゃあ、好きな男性のタイプは？」

「え、えーと……」

怒濤《どとう》の質問攻めにたじろいでいると、ベアードがガッハッハと笑った。

「おまえら、新任の先生をあまり困らせるんじゃないぞー」

教室が笑いに包まれる中で――。

アルフィーナはふと違和感を覚え、その出所を探ろうと視線を巡らせた。

それは、ひとりの男の子だった。

教壇から見て、カルルの左斜め後ろの席に座っている。

黒髪巻き毛に浅黒い肌をした男の子だ。

運動神経が良さそうで、やんちゃそうで、この学院にはなかなかいないタイプだ。肌の色からして、別の国からの留学生なのかもしれない。

その彼は、教壇のアルフィーナではなく、カルルの背中に視線を射込んでいた。

新しい副担任などには目もくれず、何か思い詰めたような顔で見つめている。


――何か、あるのかしら?


カルルに個人的な恨みがあるのだろうか?

あるいは単に気に入らないとか?

ただにらんでいるだけで決めつけるのも気が早いけれど、この目つきはただ事じゃないのは確かだ。

――気をつける必要がありそうね。

副担任として、新たなクエストができたアルフィーナである。

◆

一限目は魔法の実技授業だった。

生徒たちひとりひとりが教材の「魔法の杖《つえ》」を手にして、校庭へと集まった。この杖は魔法を使う際の触媒となるもので、かなりのお値段がする。具体的に言うと一本でアルフィーナの給料ひと月分くらい。普通の学校ではクラス一つで一本の備品を使い回しているらしい。ひとり一本使えるメルビナ初等学院の裕福さがわかるというものである。

整列した生徒たちを前に、ベアードが声を張った。

「前回に引き続き、今日も『火　球《ファイアーボール》』をやる！　実際に火を出すところまでやるから、集中してやるように！」

はぁい、と返事をする生徒たちの声はどこか自信に欠けている。

それもそのはず、初級とはいえ「火　球《ファイアーボール》」は立派な攻撃魔法である。十歳前後の子供は「火の球」を生み出すところまではいかず、せいぜい杖の先からほんのちょっと火をボッと出せれば良いほう。

ちゃんと「球」を出して飛ばせるようになるには十五歳くらいまでかかる。十歳の時に習い始めて、五年くらい真面目に授業を受けてようやく習得できるのが普通だ。

帝国では「火、水、風、土」の四大元素の初級魔法は、帝国の義務教育で習得することになってるが、できないまま中等学院を終える生徒も多い。かくいうアルフィーナも風系の「突風」は、当時習得できないままだった。

ただ、魔法というのは「才能」によって大きく左右される。

年齢や修業年数はただの目安にしかならない。

ろうそくに火をつけることもできない子もいれば、いきなり大人より立派な火球を生み出してしまう子もいる。

「それじゃあ、まずはお手本を見せてもらおうか！　カルル・マン・シルヴァーナ君！」

ベアードに指名されて、赤髪の弟が一歩前に進み出る。

「みんなにお手本を見せてやってくれ！　あの標的の藁《わら》人形に向かって一発頼む！」

カルルは緊張した様子もなく頷いた。

クラスメイトたちの期待の視線を背中に受けながら、杖を目標に向かって構えて小さくつぶやく。

「火球《ファイアーボール》」

杖に埋め込まれた魔法石から、赤い炎がほとばしる。渦を巻くように球形を作り、そのまま人形に向かって飛んでいき、あっという間に灰に変えてしまった。

生徒たちから歓声が上がり、拍手が起こる。一方でベアードは頭を抱え「手加減するように言うんだった！」。藁人形が消し炭になってしまったのは、計算外だったようだ。

「やっぱり、カルルくんすごーい！」

「うちの家庭教師より大きかった！」

「天才！　天才！」

目の前で愛する弟を褒めちぎられれば、悪い気などするはずもない。ウキウキとでその場でスキップしたくなる気分だ。

「どうしたんだいアル先生。ニヤニヤしながら振り子みたいに揺れて」

「い、いいえ、ちょっと、極東のボン・ダンスをば！　おほほ！」

ベアードから視線を逸らした時、ふと、先ほどの黒髪巻き毛の少年が目に入った。

彼はやっぱり、カルルのことを険しい目で見つめていた。みんなが拍手するなか、ひとりだけ手を腰にあてて、にらむようにじっとカルルの横顔を見つめている。


「いんちきだ」


低くつぶやいた彼の声は、最初、小さかった。

「いんちきだ！」

もう一度口にした時は大きな声になっていた。他の生徒たちが驚いて振り向き、カルルも視線だけで彼のほうを見た。

巻き毛の少年はカルルをにらみつけ、暗い声で言った。

「なにが天才だよ。どうせ何かいんちきしたのにきまってる！」

カルルは何を言われたのかわからないという顔で、きょとんとしている。もっとも、その「きょとん」のニュアンスをつかめたのはアルフィーナだけで、他の子たちにはいつも通りの無表情にしか見えないはずだ。

生徒たちが口々に言った。

「ヒッパーくん、またそんなことといって」

「カルルくんがズルなんてするはずがないじゃん」

巻き毛の少年は「ヒッパー」というらしい。

また、ということは、いつもこんな感じなのだろうか。

「わかるもんか。あのシルヴァーナ公爵家の長男だもんな。カネの力でいくらでもズルできるだろ」

いやいやキミキミ、我が家は名ばかりの公爵家、お父さまがボンヤリなせいでろくな資産はありませんのよ？　――なんて言い返したくなったアルフィーナである。昔の自分なら絶対彼の耳をみょーんと引っ張って彼の脳みそに直接怒鳴り込んでいたが、冷血皇子や黒薔薇の君、何よりあのブタ聖女のおかげで、すっかり忍耐心が培われてしまった。

しかし、憤りはある。

可愛《かわい》い弟をインチキ呼ばわりされればムッときて当然なのだが――。

――なんか、妬みとかで言ってるわけじゃなさそう？

ヒッパーの表情は頑なで生真面目で、怒りに満ちていた。本気でカルルがインチキをしていると信じ込んでいるかのような顔である。

「読心」の魔法で彼の心の声を聞いてみたい衝動にかられてしまうが——いや、ここはひとまず我慢だ。心を覗くという行為は、簡単にやっていいことじゃない。ヒイロとも約束している。実際にカルルに危機が迫っている場合のみ使うべきだ。

「アル先生？　どうしました？」

「い、いえ、なんでもありません」

ベアードに急に名前を呼ばれて、ハッとなった。つい、自分の考えに没頭してしまっていた。

「せっかくですので、先生にもお手本を見せてもらおうと思いまして！　どうです？」

「いっ⁉　い、いえ、あたし火系魔法はあまり得意ではなくて……」

「風でも水でもなんでも良いですよ。新しい先生の実力を見たいと、みんなも思っています。なあ？」

ハイ！　と声をそろえて生徒たちに言われて、アルフィーナはしぶしぶと藁人形の前に立った。

「アル先生、杖を忘れてますよ」

「へ？　……あ、すいません。お借りします」

ぶっちゃけ初級魔法程度なら触媒など自分には必要ないのだが、それは99回ループしてこの身に尋常ならざる魔力が蓄えられているからだ。「アル先生」はあくまで普通の人として振る舞わなくてはならない。

「じゃあ、あたしも『火球《ファイアーボール》』を」

——えっと、杖をこう？　こんな風に振ればいいの？

ひさしぶりすぎて「普通」のやり方がわからない。

とりあえずそれっぽい格好で杖を振ってみたが、間違って反対の手から火の玉が出てしまった。

生徒たちがささやく。

「あんなところから魔法が⁉」

「まさか、フェイント？」

「ああやって、敵の裏をかくってことか」

「すごい！　実戦的！」

なぜかやたらに褒められて焦ってしまったアルフィーナ、魔力の加減を間違えて、予定より大きな火の球——いや、「火の渦」を生み出してしまった。

「あわわ、やっば！」

あわてて炎を制御したが、後の祭り。

渦はたちまち天に届くほどの大きさに成長し、目標にしていた藁人形だけでなく、左右に並んでいた他の人形まで巻き込んで、灰も残さず焼き尽くしてしまった。

「…………」

ベアードを含めた全員がぽかん、と口を開けてそれを見守った。

ずっとカルルをにらんでいたヒッパーでさえ、炎に目を奪われてしまっている。

ぱちぱちぱち。

カルルだけが、ひとり、拍手する音が辺りに響いていた。

「ちょ、ちょっと力が入りすぎたかなっ！」

あはは、と笑いながら頭をかくアルフィーナのもとへ、生徒たちが続々と駆け寄ってきた。

「アル先生すごい！」

「どうやったらあんな魔法が使えるんですか？」

「おしえてー！」

あっという間に生徒たちに取り囲まれる。

「あ、あははは……」

着任早々、人気者になってしまったようだ。

だが、黒髪巻き毛のヒッパー君だけは、その輪に加わらず、カルルのことを冷ややかに見つめたままだった。

◆

午前中の授業が終わり、昼休み――。

昼食をとりつつ、アルフィーナは彼のことを尋ねてみた。

「ん？　ヒッパー・ワイルズ君がどうかしたのかい？」

昼食のパンをもりもり食べながら、ベアードは言った。見かけによらず甘党らしく、けむくじゃらの手で丸いパンにハチミツをたっぷり塗りたくっている。「これからこの人のことを『ハチミツクマさん』と呼ぼう」とアルフィーナは心に決めた。

「ええ、その、彼は帝国民ではありませんよね？」

「うむ。ヘヴンローズ国出身の貴族だよ。お父上が外交官の職務で帝国に着任されて、昨年からこの学院に通っている」

黒髪と褐色の肌からある程度は予想できていたが、やはりあの「黒薔薇」の国から来たようだ。

ちなみにヘヴンローズ王国には、帝国のような爵位制度はなく、貴族のあいだに階級差はない。貴族と平民の格差もそれほどないらしい。堅苦しくないお国柄が、身分制度にも表れている。

「一年前の修好条約締結以来、ヘヴンローズからの留学生や移住者が増えているんだ。各クラスにひとりか二人はいるんじゃないかな」

「そうでしたか、昔とは変わったんですね」

「まぁ、いちおうはね」

指についたハチミツを名残惜しそうにぺろりと舐《な》めながら、クマさんは言った。

「隣国ヘヴンローズとはずーっと仲が悪かったからね。政治の上では仲良くしましょうとなったとしても、我々下々が急に仲良くできたりはしないもんさ」

「そうでしょうか？」

アルフィーナは反論した。

「次の王様と言われているヤヴンロック王子なんかは、帝国に留学していた時は学院生活を謳歌《おうか》されていたそうですよ。ずいぶん女性にもモテたらしいですし」

はちみつクマさんは、丸っこい目をさらに丸くした。

「へえ、アル先生。よく知ってるね。極東国出身だっていうのに」

「え、ええまあ、ヤヴンロック王子は有名人ですからね」

「女性人気はすごいよね。ははあ、アル先生も黒薔薇王子のファンなのかな？」

「冗談でもやめてください」

真顔で答えるアルフィーナだが、「がはは」と豪快に笑ってクマさんは続けた。

「彼のような傑物は別として、普通の人間にはやっぱりそれなりの遠慮というか、隔意というか……まぁ、そういうものは残ってるんじゃないかな。帝国と王国のあいだに」

「ははあ、なるほど」

そんなもの馬鹿馬鹿しいと思うアルフィーナだが、では、ヒッパーのカルルに対する態度は「帝国に対する反感」の賜物《たまもの》なのだろうか？

「ヒッパーくんは、カルル……くんに、やたらと突っかかっていましたね。帝国と王国の長年の不仲が原因なんでしょうか？　お父上が外交官だから、帝国の悪口を聞かされて育ったとか？」

「どうだろうねえ」

パンのくずで皿に残ったハチミツを綺麗にして、それを口に運びつつ、クマさんはのんきに答えた。

「カルル君が復学する以前、ヒッパー君は学年一の秀才と言われていた。魔法の腕もかなりのもので、初級ならもうひと通りは使いこなすよ」

「へえ、逸材ですね」

十一歳で初級がすべて使えるというのはただ事ではない。カルルが天才なだけで、彼だって十分優秀といえる。アルフィーナの旧友にキスリング・アシュレイという男がいるが、彼と同じくらいだ。……あれっ？　じゃあたいしたことない？　いえいえ。

「カルルくんの復学以降、自分がトップになれなくなったから、それを妬んで突っかかってるってことでしょうか？　でも、彼ってそういうタイプには見えませんでしたけど」

「そういうタイプ、とは？」

「人を妬むような子には見えなかったんです。まぁ、あくまであたしの勝手な印象ですけれど」

はちみつくまさんは「むふう」と鼻息を吐き出した。

「いやあ、アル先生は初日だというのによく生徒を見ているね！　感心感心！」

「はあ」

「ボクも、ヒッパー君はそんな少年ではないと思っているよ！　カルル君に突っかかるのも何か事情があるに違いない！」

アルフィーナは身を乗り出した。

「ですです。その事情に心当たりは」

「ないっ！」

――ないんかい‼

なんか自信たっぷりに理解者的なことを言い始めたから期待しちゃったのに！

「結論を急ぐ必要はない！　教育者たるもの、ゆっくりどっしり生徒たちの成長を見守っていこうじゃないか。ハハハハ！」

「……は、はは……」

——なんだか、ずいぶん軽い先生だなあ。ベロア先生とは大違い。

頬を引きつらせていると、昼食を外で終えたらしいベロアが職員室に戻ってきた。

「聞きましたよアル先生。午前の魔法実技で、素晴らしい魔法を披露なさったとか。天にも昇る勢いの火柱が立ったのが、職員室からも見えていましたよ」

口調は褒めているが、眼鏡の奥の瞳は冷たかった。

「えっ、ええ、いや、その、ちょっと力が入りすぎまして」

「あなたの魔力が優秀なのはわかりましたから、ちょっとは加減をしてくださいね。生徒にケガでもさせたらどう責任を取るつもりなのですか」

「もっ申し訳ありません！」

あわててアルフィーナが頭をさげると、またもやクマさんがガハハと笑った。「いやあ、初々しい！　青春だなぁ！」。何が青春か。こちとら99回生きてるある意味長老ですが何か。

この学院には、ユルすぎる教師と、カタすぎる教師の両極端しかいないのだろうか？

自分はちょうどいい感じの教師になろうと、とりあえず誓うアルフィーナであった。

◆2章

　そんな感じで始まった「アルーシャ先生」の学院生活である。

　カルルを見守るという目的のもとであるが、教壇に立っているうちに「なんだかこれも悪くないかも？」という気持ちが芽生えてきた。

　なにしろ、アルフィーナは子供に好かれる。

　子供と同じように自由で元気、言い換えれば「精神年齢が子供に近い」からだろう。アルフィーナとしても、大人より子供のほうが気兼ねなく接することができて、やりやすかった。

「アル先生って、先生っぽくない！　おともだちみたい！」

　とある女子生徒の言葉である。

　ベロアは「教師としての威厳がうんたらかんたら」とぶつぶつ言っていたが、アルフィーナは意に介さなかった。教師は尊敬される必要はない。ナメられるのは駄目だが、敬ってもらう必要はない。「信頼」されていればいい。他の職業となんら変わることはない。「庭師の腕を信頼して、庭の管理を任せる」「料理人の腕を信頼して、食堂へ出かける」。それらと同じだ。時に教師は「聖職者」なんて言われることもあるけれど、そんなたいそうなものじゃなくていい——というのが、アルフィーナの持論、あるいは「開き直り」であった。

そんな感じで学院に溶け込んでいったアルフィーナだが、件《くだん》の彼、ヒッパー・ワイルズとはいまだ打ち解けることができないでいた。

何度か話しかけてみたのだが、妙に避けられてしまうというか……。

もしかしてあたし嫌われてる？　と最初は思ったのだが、観察していると彼は誰に対してもそんな感じであった。クラスにも馴染《なじ》めているとは言いがたい。生意気そうではあるものの顔はイケてるし、成績も優秀だし、クラスメイトから一目置かれてはいるようだが、特に親しい友達はいないようだ。

そんな風に孤立気味なヒッパー君であるが、やはり、カルルに対しては当たりがキツい。

他の生徒には壁を作って関わらないようにしている風でもあるのに、カルルにだけは妙に絡んでいくのだ。実はカルルのこと好きなんじゃないの、と言いたくなるくらい。

たとえば、こんなことがあった。

この学院では週に一度給食の時間があるのだが、その日は副菜に「ナスピーのサラダ」が出た。

ナスピーとは？

帝国ではよく食卓にのぼる野菜で栄養満点、別名「薬師いらず」とまで言われるのだが、青臭くて苦くて、見た目も紫と緑のまだらという、「これを最初に食べようと思った人は帝国史上最高の勇者」なんて言われる、子供の嫌いな食べ物ナンバーワンな野菜である。カルルもご多分に漏れず大の苦手で、食卓にのぼるとメイドや母親の目を盗んでアルフィーナが代わりに食べてあげたりしていた。

そんなわけなので、生徒たちの食も進まなかった。サラダの皿だけがあきらかに減りが悪く、カルルの分もほとんど手つかずであった。クマさんはハチミツを盛大にぶっかけて喰《く》らっていて、おかげでアルフィーナの食欲までなくなってしまった。

ところが——。

「わわ、ヒッパー君スゴイ！」

女子生徒の歓声に視線をやれば、ヒッパー・ワイルズの皿にはナスピーが山盛りになっていた。自分で盛り付けてきたらしい。みんながぽかんと見守る中を悠然と歩き、席につくとフォークを手にしてナスピーの山を攻略にかかった。モリモリモリモリ、もひとつモリと口に運んでいき、十秒もからずに平らげてしまった。

「こんなの、どうってことねえ」

ふん、と鼻を鳴らすと、教室から自然と拍手が巻き起こった。いやあ、見事な食べっぷり。アルフィーナも思わず見とれて拍手してしまった。

ヒッパーはまたもや「ふん」と周囲を見回すと、カルルの手つかずの皿に目をやった。

フッ、と口元に笑みを浮かべると、

「だせぇ」


と、ひとこと。

いやいやヒッパーくん、ナスピー食べられないくらいでダサイはないでしょ、ヤサイだけに——などと言いかけたアルフィーナ、「これってお父さまが言いそうな寒いギャグね」と気づいて口をつぐみ、99回繰り返しているうちに精神がオヤジ化してしまったのだろうかと戦慄しているうちに——カルルの表情に決意がみなぎった。


「ちょ、ちょっとカルル⁉　無茶はやめて！」


思わず呼び捨ててしまった姉の制止も聞かず、カルルは紫と緑の山をフォークで掻《か》き込み始めた。

いったい、何が弟をそうさせたのか。

これまで、彼の挑発に乗ったりしなかったのに。

姉の前で侮辱されたのが悔しかったのか、あるいは自分でも「野菜が食べられないなんて恥ずかしい」という思いがどこかにあったのか、弟の思いは定かではないが、ともかくカルルはひと息に長年の宿敵を平らげ、空になった皿をトロフィーのように掲げてみせた。……その手は震え、顔色は紫で、額に脂汗がジットリ浮いてはいたが。

おおっ、という歓声がクラスから巻き起こる。

ヒッパーはチッ、と舌打ちをして視線を逸らしてしまった。

……と、まぁそんなことがあったのである。

この時はカルルにも対抗心が芽生えたのかと思ったが、結局、反抗らしい反抗はこの時だけで、「何かと突っかかってくるヒッパー」と「それでもぼーっとしているカルル」という図式が崩れることはなかった。

クラスの評判はというと、基本的に「カルルくんかわいそう」という声が女子を中心として大勢を占めるものの、一部男子には「ヒッパーがあんなに突っかかるなんて、きっと何かあったんだ」という声も生まれてきていた。

アルフィーナとしては、もちろんカルルが何かしたとは考えてないが「何か理由があるのではないか」という疑念は拭えずにいた。ヒッパーを見ているとわかるのだが、彼はヘヴンローズの貴族だけあって誇り高い性格をしている。ナスピーの件から考えれば「魔法で決闘だ！」なんて言い出すほうが自然なように思う。ただのやっかみで意地悪をしてる風にはどうしても思えないのである。

というわけで――。

「なるほど。そんなことが起きていたとは」

昼休み。

学院の裏の花壇で、ひさしぶりにヒイロと会ったアルフィーナは、かくかくしかじかこれまでの経緯を話して聞かせた。

「私も同意見です。カルル様が他人から恨まれるようなことをするはずがありません」

「よね！」

「しかし、そのヒッパー少年にも、何か理由があるものと推察します」

「よね～」

アルフィーナは花壇に生えた雑草をぷちぷちむしりながら話をしている。万が一誰かに見られた時のことを考えて、ヒイロは白猫形態である。

「もういっそ、心を読んじゃおうかしら？　ヒッパー君がカルルに意地悪した時をねらって発動させれば、たぶん理由とか聞こえると思うし」

ヒイロは少し考えてから答えた。

「確かに、このまま放置しておくのも考えものですね。カルル様に万が一があっては大変です。他の生徒のプライバシーに配慮した上で使えば、よろしいのではないでしょうか」

「よし、決まりね！」

むしった雑草を紙袋に詰めて、アルフィーナは立ち上がった。いろいろめちゃくちゃな心の声を聞かされてきた経験上、あの魔法をもう一度行使するのは躊躇《ためら》いがあるが、まさかヒッパー君はッシャッシャとは笑わないだろう。

「私のほうでも、少しヒッパー少年のことを探ってみることにいたします」

「よろしくお願いするわ。……ところでヒイロ、何か今日は報告があったんじゃないの？」

「――ああ、そうでした。実は」

ヒイロが言いかけたその時、足音がこちらに近づいてくるのが聞こえた。ヒイロは近くの植え込みに飛び込んで身を隠し、アルフィーナは愛想笑いを浮かべて闖入者《ちんにゅうしゃ》に相対した。

「こんなところにいたのですね、アル先生。探しましたよ」

「これはこれはベロア先生。ええ、ちょっと花壇の手入れをしておりまして」

ベロアはきょろきょろと周囲を見回している。

「話し声が聞こえましたが、誰かもうひとりここにいたのかしら？」

「いっ、いいえ⁉　あたくししかおりませんけれど⁉」

「おかしいわね。確かに声が」

「あ、あー、それは植物に話しかけていた声でしょう！　話しかけるとね、お花はよく育つんです！あたしの祖母がそう言ってました！」

ベロアは訝《いぶか》しげに首をひねったが、とりあえず納得したのかアルフィーナに向き直った。

「今から緊急で、学院長から全職員にお話しがあるそうです。会議室に集まって下さい」

「えっ。お昼休みはあと半分残ってますけど」

「緊急ですから。よろしくお願いしますね」

それだけ言うと、スタスタ歩き去ってしまった。

「……うへえ……」

教師という仕事はまぁまぁ過酷、激務であるとアルフィーナにもわかってきた。自分が生徒の立場の時はわからなかったが、授業に出る前にも後にも仕事が山盛りてんこ盛り、気の休まる暇などほとんどないのである。

「ううっ。学生時代の先生がた、ごめんなさい……」

過去の己の行いを懺悔《ざんげ》しつつ、アルフィーナは会議室へと向かった。

◆

全教員が集められた会議室に、迫力満点の荒々しい声が響き渡った。

「ワシがメルビナ初等学院の院長、ガッツ・メルビナ侯爵であ～る!!」

この院長もアルフィーナが在籍していたときと同じ人物である。当時から白髪のしわくちゃおじいさんだったが、あれから十数年たった今でもまるで風貌が変わってない。「干からびて水分が飛んでいるから長持ちするのかしら？」などという失礼千万なことを思いながら、他の教職員たちにならってお辞儀をする。

「今日は諸君らに大事なお知らせがあ〜る！」

「……」

そういえばこの人、こんなしゃべりかただったなあ、と思い出すアルフィーナ。よく真似《まね》をしてベロア先生に叱られていたことを思い出したのであ〜る。

まぁ、それはさておき。

「大変な栄誉であることに、我が学院はこのたび、帝国教育省が定める『モデル校』に認定されたのであ〜る！」

おおっ、と他の教員たちからどよめきがあがった。

アルフィーナにはよくわからない。モデル校？　なんだろうそれは。ベロア先生が水着になって雑誌の巻頭を飾るのだろうか？

そのベロアが興奮した様子で言った。

「ついに我々の努力が実を結んだのですね学院長！」

「その通りじゃよベロア君！　いけすかない官僚どものご機嫌をとってきた甲斐《かい》があったというものであ〜る！」

他の職員たちからも拍手が巻き起こった。

「本当ですよあのクソどもが！」

「我々のカネで散々飲み食いしやがって！　ざまぁみやがれ！」

「ついに我々のヨイショが報われましたね！」

「黄金色のクッキーをたらふく食わせた効果がありましたよ！」

――う～ん、大人の世界。

ついていけなくなったアルフィーナ、昼食に食べ損ねたハムサンドを取り出して、はちみつクマさんの背中に隠れてモグモグすることにした。クマさんはこの騒ぎにはノッておらず、むすっとした顔で腕組みをしている。ふーむ、クマさん、意外に硬派なところもあるのねモグモグ。

院長の話はまだ続いている。

「さっそくじゃが、本日、栄えあるモデル校となった我が学院にスペシャルゲストをお招きした！」

うおおお、とさらなる歓声。

「これから二週間、この学院を視察されることになった！　諸君らもよーく知っておるはずのお方じゃ！　心してお迎えするように！」

――ふ～ん、そんな有名人が来るんだ？

もぐもぐもぐ、口の中にハムサンドを収めてしまったアルフィーナ、サインでももらおうかしら、なんて考えていると――。

「どうぞお入りくだされ！　我が帝国の誉れ〝金色の宝剣〟ライオネット・ライオーン殿下！」

——ぶほあっっっ‼‼⁉⁇

黄金の髪を揺らして入場してきたライオネットの姿を見た瞬間、教員たちの口からはため息が、アルフィーナの口からはハムサンドが噴き出した。もともとその美貌は諸国列強に知れ渡っている彼であったが、聖女の奸計《かんけい》にはまって「婚約者」を失ってからというもの憂愁の陰りまで備えてしまい、もはや並ぶ者のない完璧な「美」の権化となった。諸外国に出向けば姫君や令嬢たちが群がり、中にはあまりの美貌に声を失い息を止め、気絶する者まで出る始末。現に、今この会議室でも女性職員たちがバッタバッタと倒れる音が響いている。「イケメンも度が過ぎると迷惑だわー」なんて思うアルフィーナであるが、まぁ、この件については皇子に罪はない。

ちなみに、ライオネットの横には毎度お馴染みキスリング・アシュレイもついてきている。蒼き稲妻《テロリスト》時代のオールバックではなく、元の髪型に戻している。青少年への悪影響を考慮したのかもしれない。

皇子は蒼《あお》い瞳で一堂を見渡して、生真面目な口調で言った。

「突然の訪問失礼する。これから二週間、貴校を視察させてもらうことになった。これからの帝国を作るのは子供たちだ。その子供たちが学ぶ場所は、健全であらねばならない。諸君らの仕事の邪魔はしないと約束するから、普段通りの振る舞いを私に見せて欲しい。よろしく頼む」

あいかわらず「むすっ」とした顔であるが、これが彼の平常運転なのは帝国民ならわかっているので、誰も反感を持つ者はいない。むしろ「ああ、この冷たさがたまらない」とばかりに、追加で女性教師が二名ほど倒れる勢いだ。もはやここまで来ると迷惑どころか災害級である。

それにしても、何故《なにゆえ》よりにもよってこのタイミングで視察に来たのか？

まさか、自分の正体がバレたのだろうか？

……いやそんなはずはない。

だったら、視察なんて面倒なことはせず、直接自分に接触してくるだろう。

しかし、カルルと接触するのが目的ということはありえるか……？

じっと息を潜めるアルフィーナに、クマさんが言った。

「どうしたんだいアル先生。さっきからコソコソと」

「いいえ、なんでもありませんっ」

認識阻害魔法をかけているのだから正体はバレないはずなのだが、なぜか、ライオネットとキスリングには正体を見破られかけたことがある。できる限り目はつけられたくない。

しかし、二週間ものあいだ視察するというのであれば、まったく出会わずに済ますということもできなさそうだが……。

——ううっ、頭痛くなってきたわ……。

問題山積みの学院生活となってきたことを自覚せざるをえないアルフィーナであった。

◆

さて。

アルフィーナの身代わり人形が処刑場にて「首ぽーん」されて、公的には「死んだ人扱い」になってから、すでに一年以上が経過している。

彼女にとっては帝都で暮らすのも一年ぶりということになり、ひいては実家にも長らく帰ってないわけであり、両親から「帝都にいるなら一度くらいは顔を見せろ」という流れになるのは至極当然のことであった。

——顔、合わせづらいなあ。

とっくに親元から巣立って自立しているアルフィーナだが、善良で穏やかな両親の言葉をスルーしてしまえるほど薄情にもなれず、挨拶くらいはしておこうかということになったのだった。

とはいえ、堂々と表門からというわけにはいかない。

なにしろ自分はすでに処刑されたことになっているのだから。

ひさしぶりの帰省は出迎えの使用人たちも呼ばず、裏門からひっそりということになった。

「おお……アルフィーナ！　よくぞ戻った!!」

父ジョージ・シルヴァーナ公爵の目には涙があった。心なしか以前より白髪が増えた気がする。しかし恰幅《かっぷく》はむしろ良くなった。シャツのお腹《なか》がはち切れんばかりのプニプニだ。前はむしろ痩せすぎなくらいだったのに、たった一年で変われば変わるものである。

「本当に、本当にお前なのだな！　生きて、私の目の前にいるのだな！」

「ご心配をおかけしましたが、この通りぴんぴんしております」

「正直、この目で見るまでは信じられなかった。処刑されたのは『人形』と言われても、まだ半信半疑で……こうして、再び抱きしめることができるとは！」

父は声を詰まらせた。さすがのアルフィーナも、実父のこんな様子を見せられると弱い。99回繰り返すことで身につけた「ひと晩置いた玄米パンのように硬い精神力」（ヒイロ談）もついつい絆《ほだ》され、目頭が熱くなってしまう。

「ところでお母様は、どちらに？　まだベッドの中でしょうか？」

もうすでに日は高く昇っているが、低血圧な母は朝が弱く、午前九時くらいにならないと起きだして来ないこともよくあった。

「こんなこともあろうかと、あたし、お母様のために滋養強壮の薬を煎じてきました。アマゾネの森にしか生えてない薬草を使ったお祖母《ばあ》様直伝の薬なんですよ」

「ああ、マリーは、その……」

微妙に視線を逸らした父を見て、アルフィーナは不安になった。

「まさか、また調子を崩されているのですか？」

「……」

「腹痛ですか？　頭痛ですか？　あるいは両方？　お熱はあるのですか？」

尋ねれば尋ねるほど不安が増していく。

急いで屋敷の中へ駆け込もうとした時、木製の扉がゆっくりと開いた。

姿を現したのは、マリー・ナン・シルヴァーナ、その人である。

「ああ、アルフィーナや。本当にアルなのですか？」

か細く掠《かす》れた声で名前を呼ばれると、留守にしていた後ろめたさもあり、またもアルフィーナの目頭は熱くなった。

「はい、正真正銘のアルフィーナでございますお母様。やむにやまれぬこととはいえ、親不孝をお許しください」

「もっと近くで顔を見せておくれ」

「ええ！　もちろん！」

アルフィーナは駆け寄り、母の胸へと飛び込んで――。


「へぶあっ⁉」

唐突な、膝。

膝蹴り。

母の骨張った膝が折り曲げられ、アルフィーナの腹筋を貫いた。

後ろへ下がったところに、さらに追撃の拳が放たれる。ボディブロー。母の手は正確に娘のみぞおちを貫いて「ぐぼあっ⁉」と公爵令嬢にあるまじき悲鳴をあげさせた。

「まったく！　わたくしが！　どれだけ！　心配したと！　思っているの！」

「ガハァッッ！」

アルフィーナは地面をのたうちまわった。

この打撃の重さはただ事ではない。

母は99回の人生すべてで病弱であり、73回目などはくしゃみしたはずみに肋骨《ろっこつ》を折って入院したことまであったというのに、なんという強い打ち込み！

よくよく見れば、その腕は細身ながらも名工の手による弓弦のように引き締まっている。

あきらかに以前とは違い、鍛え上げられている。

「一年前、お隣のエスカリオ伯爵夫人と一緒に習い始めた極東国の『カラーテ』のおかげです。健康と美容のためでしたが、今や殺人拳の域に達しているとお墨付きをいただいています」

「さらっとすごいこと言ったわお母様⁉」

健康と美容でなぜそんなことになるのか。

ていうか、殺人拳を実の娘に向けないで⁉

地面に這《は》いつくばったまま、アルフィーナは強者のオーラを漂わせる病弱の母を見上げた。

「た、確かにあたし、お母様にはご迷惑をおかけしました！　しかし、ひさびさに会った娘に肉体言語はいかがなものでしょうか!?　『公爵令嬢たるもの、いついかなる時でも穏やかに振る舞うもの』というお母様の教えはどこにいってしまわれたのですか？」

母は無言で首を振りながら、さかんに「立ちなさい」というジェスチャーを繰り返している。

「立ちませんわ！　立ったらお殴りになるんでしょう？」

母はさらに首を振る。

「うそつき！　絶対お殴るくせに！」

さらにさらに首を振る。

「……本当にお殴らない？」

母はまだまだ首を振る。

話が進まないのでとりあえず立ち上がったアルフィーナに——予想通りの腹パン。

「やっぱり殴るんじゃない……ぐふっ……」

口から公爵令嬢が決して垂れ流してはいけないおグロいものをぶちまけながら倒れたアルフィーナの耳に、いたわるような父の声が届いた。

「アルよ。お母様の気持ちも察してあげなさい」

「拳ならたった今味わいましたが……気持ち？」

「お母様はね、お前から手紙をもらったその日から、お前とカルルの旅の無事を願い、毎日毎日アラルト山に登って『祈りの正拳突き』を一万回繰り返していたのだ」

「なるほど、その副産物でたくましく……」

「すべては可愛《かわい》い子供たちのためだ」

「普通に祈るという選択肢はなかったのでしょうか？」

「すべては母の愛が為せる技だよ」

「子を殴った後に言う台詞《せりふ》ですか⁉」

ふしゅる～、と母は吐息をついた。もう以前の母じゃない。昔の母は間違っても「ふしゅる～」なんて呼吸はしなかった。

「まぁ、積もる話もあることですし。とりあえずお入りなさい」

「最初にそのお言葉をかけていただきたかったですわお母様」

そんなわけで、アルフィーナは応接室に通された。

見慣れた部屋ではあるが、家具のあれやこれやが新調されて高価そうなものに変わっている。たった一年でどうしたことだろうと、アルフィーナは不思議に思った。

「さあアル、立ってないでかけて。お腹すいてるでしょう？」

「は、はい……」

温かい紅茶と手製のチーズパイが振る舞われた。ぶん殴られはしたが、そこはやはり母親。ちゃんと娘の好物を用意してくれている。屋台のチーズパイもいいが、母の味もまた格別だ。

「今日、使用人にはすべて暇を出しています。あなたが生きていることはあくまで秘密。知っているのはライオネット殿下と、私たち家族だけ。そういうことにしなくてはならないのでしょう？」

「はい。ご配慮感謝いたします。お母様」

頭の中までは筋肉に侵されてないようで、ひとまず安心である。

アルフィーナはあらためて、両親に自分の身の上に起きたこと、これまでの経緯などを説明した。すでに手紙で伝えてあったことの繰り返しではあるが、やはり、父はショックを隠せないようであった。ちなみに、ループや「読心」のことはぼかしてある。そこまで明かしているのはヒイロとカルルだけだ。

「聖女の魔法によって、帝国の男性すべてが操られていたとはな……いまだに私は信じられないよ」

「はい。お父様はもちろん、陛下や殿下でさえも。ひとりの例外もありません」

「いくら古代魔法を使いこなす大神ゼノスの御遣《みつか》いとはいえ、本当にそんなことが可能なのか」

「そのようですね。あのお祖母様が研究していらしただけのことはあります」

もし父に、「あたしは心が読める古代魔法が使えます」と言ってみたら、信じてもらえるだろうか。

紅茶を飲みつつ、母は言った。

「あの時は、何が何やらわかりませんでしたよ。帝国の殿方が皆、聖女にたらし込まれてしまったのではないかと」

「私に限って、そのようなことはない！　お前という妻がいるのに！」

ムキになる父に、母は事もなげに頷《うなず》いた。

「わかっていますとも。あなたがそんな人じゃないってことくらい」

二人の仲の良さがあいかわらずであるようで、アルフィーナは安心した。口さがない貴族の中には「気弱な公爵閣下は、妻を恐れて他の女に手を出す度胸もない。名ばかりの地位とはいえ、その気になれば妾《めかけ》などいくらでも作れるだろうに」なんて言う輩《やから》もいるが、娘の自分はよく知っている。二人の愛の深さを。

「しかし、その聖女もへヴンローズ城で自爆して冥界へ逝きました。もう安心ですよ」

「ああ、そのあたりのこともライオネット殿下から伺っているが……」

父はまだしかめっ面である。

「何か気になることが？」

「実は、いまだに聖女を崇拝している連中が、最近この帝国で活動を始めているという噂《うわさ》がある」

アルフィーナは我が耳を疑った。

「ま、まだあのブタさん、いえ聖女を信じている輩がいるのですか？　もう洗脳魔法は解けているはずでしょう？」

「おそらくゼノス教会の残党だろう。魔法を使われずとも、連中にとって聖女は絶対の存在だからな」

「教会は、皇帝陛下の命により徹底的な取り締まりを受けたはずではなかったのですか？」

「各地の教会は閉鎖されたが、地下に潜ってしまった連中もいるらしい。ライオネット殿下が陣頭に立って捜査されているから、いずれ捕まるとは思うが」

「殿下が直々に？」

だったらなぜ、うちの学院にやって来たのだろう？

捜査が忙しいのなら、あんな緊急性の欠片《かけら》もない視察などやるヒマはないと思うのだが。

母が言った。

「殿下といえば、アルや。本当にかの『金色の宝剣』の婚約者に戻るつもりはないのですか？」

「ございません」

きっぱりと即答したアルフィーナだったが、母はなおも話を続けてきた。

「かつてあなたが殿下の婚約者と決まった時、正直なところ母は危惧しておりました。あなたに殿下の花嫁、ひいては次期皇妃などが務まるのかと」

「務まりませんよ。ですからこうして……」

「以前のあなたならそうだったでしょう。ですが、今は違います。今やあなたは帝国で知らぬ者のない有名人、『至高なる真紅《グレーテスト・ヴァーミリア》』なのですから」

「……うわ～」

教師になってからやたらと聞かされるこのたいそうな二つ名、実の母親から聞かされるとまた違った羞恥心が刺激される。

「この一年で、聖女の陰謀とその悪辣さはすっかり暴かれてしまいました。それとは逆に、あなたの評判はうなぎ登り。帝国女性の鑑《かがみ》、悲劇のヒロインとして、大衆の人気を獲得してしまったのです」

「ひ、ひげきのひろいん？」

ゾゾゾッ、と鳥肌が立つのを感じる。

悲劇のヒロイン。

そんなもの、自分とはもっとも遠い存在であるはずだ。

少なくとも本人の嗜好《しこう》とは真逆である。「自分を犠牲にして他人を助ける」みたいな美学を、アルフィーナ・シン・シルヴァーナは一切持ち合わせない。「他人を助けて、自分も得した。みんなハッピー」な世の中でなければ、どこかに必ず歪《ゆが》みが生じるものだ。

だが、必ずしも「みんな」はそう考えないことも、アルフィーナはよく知っていた。

「大衆だけではなく、皇帝陛下も悲しんでおられるそうですよ。『ああ、余のアルちん』と嘆かれているのを耳にした家臣はいくらでもいるという話」

「へ、へえ～……」

そういえば、心の声でそんな風に呼ばれていたことを思い出した。あの厳《いか》めしいひげ面の皇帝から「アルちん」だなんて。

「それを聞きとがめた殿下が『私のアルちんです』とおっしゃったという話も」

「絶対尾ひれついてるでしょそれ⁉」

まさかあの殿下まで「アルちん」とは呼ばないと思うのだが……いや、まさか。

「アルや。これをご覧なさい」

応接間のテーブルに積まれた書物の山を、母は指さした。

手にとってみると、それらはどれもアルフィーナについて書かれた出版物の数々であった。

「うわ何これ⁉ 『恋される理由～公爵令嬢、その華麗なる愛の遍歴～』『首ぽん令嬢と呼ばれて』『女の魅力は悲劇が9割』『超ヒロイン力』『至高なる真紅式悲恋術《グレーテスト・ヴァーミリア》』。……こ、これ全部あたしについて書かれた本ですか⁉」

「そうですよ。どこの出版社もあなたの本を出したがって。ひっきりなしに作家や編集者の方がいらっしゃるのよ」

「印刷魔法と紙資源の無駄遣いも甚だしいですね」

それなりの施設さえあれば簡単に行える印刷魔法が編み出されてからというもの、「出版」というものが帝国で流行した。新聞や書籍、あるいは絵物語などが多数出版され、小さな町でも本屋の一軒くらいあるのは当たり前になった。

が、まさかその本屋さんに、自分の本が並んでいるとは……。

「この『アルフィーナ100の名言』ってナンデスカ? あたし、特に名言を遺《のこ》した覚えはないのですが」

パラパラめくってみた。22番目の名言に「お弁当は好きなものから食べる」と書いてあった。確かに言ったけど、名言ですかこれ。

「ちなみにわたくしも3冊出しています。『天界のアルフィーナへ～悲劇の令嬢を産んで～』『結局最後は、ママが勝つ』『真紅のヒロインを育てる365日の献立』」

「お母様まで⁉」

なんだかめまいがしてきた。

「そういえばお父さま、さっきから気になっていたのですが……」

「どうしたんだい?」

「なんだかお屋敷の家具が、立派になっているような？　このテーブルも、昔からあった古ぼけたものから、ぴっかぴかの新品になっていますし」

父親はにっこりと笑った。

「アルフィーナまんじゅうのおかげだよ」

「………な、なにまん？」

「ハッハッハ。アルフィーナまんじゅうだ」

父は紙袋を取り出した。赤くて長い髪をした女性の似顔絵の描かれた紙袋だ。その中に白くてふかふかしたパンのようなお菓子が五つ入っている。まんなかに、紙袋と同じ似顔絵の焼き印が押されている。

「まんじゅうは知ってるだろう？　遠い極東の国から伝わった菓子だ」

「はあ。お父様の好物の」

「そうだ。お前がいなくなってしまった悲しみを癒やすため、まんじゅうをやけ食いしていた時に思いついてな」

「それでお腹がそんなプニプニになってしまわれたのですね……」

「みんなにお前のことを忘れて欲しくないという思いで売り出したのだが、これがブームに乗って大当たり。去年の収益は七つの公爵家の中でも一番になった」

「はあ～」

もはやため息も出ないアルフィーナ、まんじゅうを一つ手にとってかじってみる。中には真っ赤なジャムが入っていて、ほどよい甘さ。まぁまぁ美味《おい》しい。

「そのジャムには苦労したよ。お前の赤い髪を表現するため、材料をひとつひとつ吟味してな」

「…………」

感心するやら呆《あき》れるやら、もはや言葉も出てこない。

穏やかで善良だが、商才には欠けるという評判だった父が、娘の出奔によって覚醒するとは。何がどう作用するかわからないものである。

母がこほんと咳《せき》払いした。

「そういうわけですから、アルや。今や帝国じゅうの〝アイドル〟となったあなたなら、ライオネット殿下と結ばれても決して見劣りはしないわけです」

アルフィーナは頭をかいた。

「いやあ、それは、まずいでしょ」

「何がです？」

「だって、そんな『悲劇のヒロイン』なんて持ち上げられてるところに、『実は生きてました！』なんてのこのこ出てきて殿下と婚約したら、それこそみんな『騙《だま》された！』って怒るに決まってるじゃありませんか」

母はきっぱり首を横に振った。

「いいえ、歓迎されます」

「なぜ？」

「新聞や雑誌などで、『アルフィーナ生存説』は時々話題に上っています。古今東西、英雄が亡くなると、その手の話題は付き物です。『死んだとされているが、実は生き延びている』なんて話、あなたも聞いたことがあるでしょう？」

「……うう。確かに」

偉大な人物が亡くなると、大衆はそれを受け入れられず「どこかで生きている」という物語を作り出してしまうのである。それはしかたがないことだとアルフィーナも思う。だが、まさか自分が該当するとは。

「ライオネット殿下があなたを連れ帰るならば、帝国臣民誰ひとり、それに異を唱える者はいないでしょう。熱狂的な歓迎を受けることは間違いありません。そうでしょうあなた？」

「マリーの言う通りだ。帝国の国威発揚にとっても甚だしい効果をもたらすだろう。お前と殿下が今度こそ結ばれれば、ライオーン帝国も安泰だ！」

「むむむ……」

まことに不本意ながら、父母の言うことは正しいだろう。

しかし理性の面で受け入れられても、感情的には……無理である。

せっかく殿下の婚約者とは違う人生を歩み始めているというのに、また振り出しに戻るなんて。

「申し訳ありませんお父様、お母様。あたしの決意は変わりません。時々こうして顔を見せには参りますから、どうか『悲劇のヒロイン』が自由な人生を歩むことを、祝福してはいただけないでしょうか？」

両親は難しい顔になった。

「私たちとしても、お前が殿下と結ばれてくれれば万事安心なのだがなあ」

「そうですよアル。お母様は早く孫の顔が見たいわ」

うわー、それ、絶対言われたくないやつ。

アルフィーナは断固として言い放った。

「ともかくっ、殿下であれ誰とであれ、結婚など考えておりませんので！」

ふむ、と父は血色のいい頬を撫《な》でた。

「そこまで言うのならしかたがないが――殿下はまだ、お前のことを諦めてはいらっしゃらないようだよ」

アルフィーナはぎくりとなった。

「この家にアルが帰ってくることがあれば必ず教えて欲しいと、殿下直々の懇請を受けている。だから、今の私は殿下のご意志に背いていることになるな」

「申し訳ありません……」

こればかりはもう、謝るしかない。

「気が変わって殿下と結ばれるというのであれば、いつでも言いなさい。母は歓迎ですよ」

「それはないですー！」

激しく首を振りつつ、どうやって皇子の求婚をかわしたものか、一度じっくり考える必要があるかもしれないと思う。

◆

その夜は、両親のすすめで実家に一泊することにした。

「ん〜！　このベッドもひっさしぶりぃ〜！」

中等学院の頃から使っている木製ベッドに寝転がり、アルフィーナは懐かしい天井を見上げた。変わったもの、変わらないもの、様々であるが、少なくともこの部屋は変わらずに自分を迎え入れてくれるらしい。

しばらくゴロゴロしていると、窓の外で猫が鳴く声がした。三回、にゃあんと鳴いた。それは、忠実な執事とのあいだに決めた合図であった。

立ち上がり、窓を開けて微笑《ほほえ》みかける。

「ご苦労様ヒイロ。こんなところまで呼びつけてすまないわね」

「いいえ。栄えあるシルヴァーナ公爵邸にお招きいただき、本当に光栄です。窓からで申し訳ありませんが、失礼いたします」

しなやかな尻尾を揺らして、白猫ヒイロが部屋の床へ降り立った。

「こちらがアルフィーナ様のお部屋ですか」

「ええ。ただ広いだけの殺風景な部屋で、公爵令嬢らしくないでしょ？」

「いいえ。アルフィーナ様のシンプルで裏表のない御人格がよく表われた、素敵なお部屋です」

ヒイロはすまして答えた。まったく彼にかかると、自分のどんな欠点も美点に言い換えられてしまう。もしヒイロのことを出版社が知ったら、「ぜひアルフィーナ様について、一冊書いてください」なんて言われると思う。

「ひさしぶりのご実家を満喫されているようですね」

「まあねー、ちょっとお腹が痛むけど」

「何か、悪いものでも食べられたのですか？」

「お母様のチーズパイは美味しかったけど、拳がね」

「拳？」

「ううん、こっちの話」

苦笑してアルフィーナは話題を変え、ヒイロを呼び出した用件を伝えた。

「ヒッパーくんの件が片付き次第、あたしは学院から離れるわ。教師になってまだ一ヶ月なのに申し訳ないけど、あなたにはその手続きをお願いしたいの」

白猫ヒイロは、尻尾をぱたぱたと振った。

「それがよろしいかと思います。殿下やキスリング様が学院にいらっしゃった以上、いつまでも留まっていては素性がバレてしまうかもしれません」

「でしょ？」

「認識阻害魔法があっても、それを上回る『強い認識』があれば、打ち破られてしまいますからね」

そうなったらもう、今度こそ自分は自由を失う。

宮殿に連れ帰られて閉じ込められ、殿下と結婚させられてしまうのではないか。

「しかし、よろしいのですか？　カルル様を見守らなくても」

「――うん、大丈夫」

ナスピーの件で確信した。

弟は姉の予想をはるかに上回る速度で成長し、変化している。

まだまだ甘えん坊だと思っていたのに、この学院で確かな人間関係を築きつつある。

「昔のカルルだったら、ヒッパーくんに張り合ったりはしなかった。無反応で無感情なまま、彼がどんなに意地悪しても無視し続けたに違いないわ」

「私はかつてのカルル様を存じ上げませんが、そうなのですか？」

「ええ。何事に対しても興味を持たなかったから」

だからこそ、「母親の胎内に感情を置き忘れた」なんて言われていたのだ。

同年代の子供と関わろうとはしなかったし、友達を作ろうともしなかった。

「でも、今のカルルは違う。立派な大人に成長しつつあるのよ。そこにあたしがいたら、むしろ邪魔になる。どうしてもあれこれ世話を焼いちゃうからね」

「御意ですが、アルフィーナ様はそれでよろしいのですか？　お寂しくはないのですか？」

アルフィーナはため息をついた。

「そりゃ、カルルと別れるのは本当に寂しくて名残惜しいけれど、一年に一度はここに帰ることにしたから、その時に会えるわ」

殿下と結婚して帝都に留まって欲しいという両親と話し合い、生まれた妥協案がそれであった。

ヒイロは尻尾を優しく揺らした。

「今生の別れというわけではないのですね。それなら、ご家族にとっても良い選択かと」

「ええ。またお母様に腹パンされたらたまらないもの」

あの強烈なボディへの一撃を思い出し、アルフィーナは身震いしながらお腹をさすった。

「わかりました。では、臨時教師は今月いっぱいで終了ということで、手配いたします。その後はいかがしますか？」

「アマゾネの森からちょっと離れて、火竜山《かりゅうさん》のどこかに隠れ家を作りましょう」

火竜山という名前だが、もうそこに竜はいない。ライオネット皇子が倒してしまったのだ。

「ヒッパー様の件は、どのように対処されますか？」

アルフィーナは覚悟をこめて頷いた。

「心の声を聞いてみるわ。そうすれば、カルルにつっかかる理由がわかるかもしれない」

「やはり、それしかありませんか」

「ええ。あまり使いたくはなかったけど、最後だからね」

ずっと教師を続けるなら乱用するべきではないが、これを最後に学院を離れるというのであれば、大丈夫だろう。人の心はみだりに読むべきではないが、必要な時に必要な力を行使するのは、当然のことだと思う。

「それでカルルと彼が友達になってくれたら、あたしも嬉《うれ》しいし、安心だから」

「御意です」

◆

昼休みの職員室。

購買でも「アルフィーナまんじゅう」が売られているのを発見し、父の事業が超絶うまくいってることに驚愕《きょうがく》しつつ、ランチを自分のまんじゅうですませて売り上げに貢献した後、右手首につけていた「魔封じの腕輪」をはずした。

うっかり読心魔法が発動しないように、安全装置として身につけていたものだ。

――今日はヒッパー君と直接話して、心の声を聞いてみよう。

決意をこめて立ち上がると、今日もはちみつを貪ってるクマさんが声をかけてきた。

「おやアル先生。どちらへ？」

「ええ、ちょっと食後の運動でもしてこようかと」

「それは感心ですねえ」

のんきに言った後、クマさんは声を潜めた。

「ライオネット殿下には気をつけてくださいよ。今日も学院を見回ってるという話ですからね、妙なことをして目をつけられては、かないませんから」

「ええ、気をつけます」

返事をしつつ、ふっと疑問が湧いた。

どうもクマさんは皇子のことがあまり好きではないようだ。

「不敬」とまではいかないが、「不審」を抱いてるようにも見える。

「冷血殿下」なんてあだ名をつけられるくらいだから、皇子を嫌う層は一定数いるのだが、クマさんが嫌う理由はなんだろうか。


――と、今はそれより。


職員室を出て教室に向かった。

今日は給食がないので、ほとんどの生徒は教室で家から持参したランチを食べているはずだった。適当な理由をつけてヒッパー君を呼び出し、二人きりで話せる機会を作りたい。

扉を開けると、教室には生徒が半分ほど。すでにみんな食べ終えて、おしゃべりしたり、午後の予習をしたり、思い思いに過ごしている。ここにいない生徒は、校庭へ遊びに出かけたのかもしれない。

カルルは女子たちに頼まれて勉強を見てあげているようだった。

しかし、ヒッパー君の姿はない。

教室の後ろで雑巾を丸めてキャッチボールしていた男子生徒二人に聞いてみた。

「ヒッパーですか？　さあ、どこだろ」

「昼休みになるとひとりでどっかに行っちゃうんですよ」

二人の心の声が、同時に聞こえてくる。


（あいつ、付き合い悪いんだよなー）

（話しかけてもそっけないし、帝国とは仲良くしたくないのかなぁ）


二人に礼を言って、アルフィーナは教室を出た。まさか「ぼっち飯」するタイプだったとは。ますます謎めいてきた。ヘヴンローズから来た孤高の転校生は、昼休み、どのように過ごしているのだろう？　校庭で遊んでいるのか、あるいはどこかで昼寝でもしているのか、もしくは人知れず魔法の特訓を？　かつて、あの黒薔薇《くろばら》の君は、昼休みに学院の美少女たちを侍《はべ》らせては学食でお茶会を開いていたものだが……。

廊下を歩いていると、背中に声をかけられた。

「そこのあなた。ちょっとお話をいいですか」

ぎくりと足を止め、振り返ると、そこには蒼髪《そうはつ》眼鏡の男が立っていた。

「あらクソメガネ様。ごきげんよう」

「今、なんと言いました?」

「眼鏡がよくお似合いですねキスリング様と、オホホホ」

つい心の声がダダ漏れてしまった。

「僕の名前をご存じで?」

「え、ええまあ。キスリング・アシュレイ様といえば殿下の腹心、名参謀として有名ですもの」

クソメガネは、その眼鏡をクイクイ指で弄《いじ》った。

「いえいえ、それほどのことは。英雄であらせられるライオネット殿下のおそばで、僕にできることをしているだけです。昨今は軍事的緊張が緩和されたぶん、外交や内政で忙しくされていらっしゃいますからね。僕も微力ながらその手助けをペーラペラ」

「はあはあ、さすがですね」

笑顔で聞き流しながら、アルフィーナは拳をぎゅっと握った。


――ああああああ! 昼休みが終わっちゃう!

――邪魔なのよこのおしゃべりクソメガネがぁぁぁぁ!

「急いでますのでこれで失礼！」と逃げようかと思うのだが、さっきクマさんに釘《くぎ》を刺されたばかりだ。怪しまれる行動は慎まねば、目をつけられて万が一にも正体がばれるのだけは避けたい。

「ところで、あなたのお名前は？」

「アルーシャ・ミア・アリスと申します。五年一組の副担任を務めております」

「ふうん？　カルル・マン・シルヴァーナのクラスですね」

眼鏡ごしの瞳が鋭く輝いたように見えた。

「た、確かにカルルくんはうちのクラスですが？」

「いえ。特に理由はないのですが……。そうですか。彼のクラスの副担任を」

じろじろとアルフィーナの顔、特にその赤い髪を見つめている。認識阻害魔法によって「アルフィーナ」と「アルーシャ」を結びつけて考えることは難しくなってるはずなのに、ヒイロの言った通り「強い認識」があるとそれを突破してしまう。

「あのー、そんなに見ないでいただけます？」

「これは失礼。レディに対して、無作法でした」

咳払いするキスリングから、心の声が聞こえてくる。


『なんと美しい赤い髪でしょうか』

『やはり彼女のことを思い出してしまいます』

『アルフィーナ嬢、ああ、あなたは今どこでどうしているのでしょう』

『殿下も、そして僕も、あなたの帰還を心待ちにしているというのに！』

——いえ。あの。

あたし、あなたの心の声が聞きたくて腕輪はずしてきたわけじゃないですけど。

その時、無情にもチャイムが鳴り響いた。

「あああああああああああああ昼休み終わっちゃったああああああ‼」

「こほん。時にアルーシャ先生、今度お茶でもご一緒にいかがですかこほんこほん」

「え！　ん！　りょ！　し！　ま！　すッ！」

視察に来ておいて、なに女教師ナンパしてんのよこのエロリストが！

……と、罵倒してやりたいのはやまやまだが、ぐっとこらえた。

正体は隠し通さねばならないのである。

◆

そして放課後。

「先生、さようなら〜」

「はい、さよなら〜」

帰宅する生徒たちの挨拶に応えながら、アルフィーナは廊下を爆走していた。

授業終了と同時にヒッパー君に声をかけようとしたのだが、ベロアに呼び止められて雑用を言いつけられてしまい、十分も時間をロスしてしまったのだ。「魔法用具室のどこにしまったかわからなくなった学院長の入れ歯の捜索」なんて、どう考えても教師の仕事じゃないだろうに。そもそも魔法用具室になぜ入れ歯。この学院けっこうやばいんじゃないのと思わざるをえないアルフィーナである。結局、入れ歯は女子トイレで見つかった。さらにやばい。


それはともかく、ヒッパー君だ。


生徒たちに聞いたところ、彼は「放課後になると、すぐにひとりで帰っちゃうんだよなー」ということで、昼休みと同じく単独行動するらしい。ますます、怪しい。年頃の子供なら、友達とどこか寄り道したり、あるいは学院に居残ってダベッたりするものだと思うが、彼はいったいどこで何をしているのだろう？

生徒用の玄関まで行くと、ちょうど、校門から出ていくところだったヒッパーの後ろ姿を見つけた。遠目からでもわかる綺麗《きれい》な黒髪のおかげですぐにわかった。良かった。間に合った。

アルフィーナは内履きのまま玄関から出ようとして、ふいに背中から声をかけられた。

「ふん。君がアルーシャ・ミア・アリスか」


振り返るまでもなく、誰かわかった。

セリフの前に必ず「ふん」とつけねば気が済まない男なんて、アルフィーナの100回に及ぶ人生の中でも、ひとりしかいないからである。

ぎこちなく振り返ると、やはりそこには氷のような蒼い瞳と黄金の髪を持つ男性が立っていた。

美の女神ディーテの寵愛《ちょうあい》を受けまくった容姿と、「竜殺し」の称号を持つ英雄。

ライオネット・ライオーンその人であった。

彼から直々に声をかけられて頬を染めない女性など滅多にいないのだが、今のアルフィーナにとっては障害物以外の何者でもなかった。道ばたの猫の糞《ふん》くらいのものでしかない。ぴょーんと跳んでかわしたいところだが、さすがに不敬である。

「こ、これはライオネット殿下。ごきげんうるわしゅう」

愛想笑いを浮かべつつ、ちらちらとヒッパー君のほうをうかがう。彼はきびきびとした歩調で歩き去って行く。早く追いかけて、声をかけなくては。

「あの、申し訳ありませんが、あたくし少々急いでおりまして」

「ふん。すぐに済む」

といいつつ、皇子は一向に用件を切り出す気配もなく、じっと「アルーシャ先生」の顔を見つめてくる。

聞きたくもない心の声も届いてきた。

『むむ！　むむむむ！』

『確かにキスリングの言う通りだ！　似ている！　俺のアルフィーナに！　可愛いアルに！』


あなたの、じゃないです。

可愛くないです。

そうツッコミたくなるのをぐっと堪え、「アルーシャ先生」は首を傾げて見せた。

「それで殿下。ご用件というのは？」

「ふん。君はアルフィーナ・シン・シルヴァーナという女性を知っているか？」

――そうら、来たわね。

「ええ。存じ上げておりますとも。『至高なる真紅《グレーテスト・ヴァーミリア》』様でしょう？　有名ですものねえ。かの聖女の陰謀で処刑されてしまった悲劇のヒロイン。その気高さ、美しさ、わたくしも見習いたいと思っておりますのよ」

オホホ……なんて笑いながら、アルフィーナは肌が粟立《あわだ》つのを感じてしまう。自分で自分のことを褒めるなんて、まったく、むずがゆいったらありゃしない。

「ふん。君の髪は、そのアルフィーナと同じ色をしているな」

「これは地毛ではないのです。あたくしもアルフィーナ様にあやかりたいと思って、染めているんですのよ。うまく染まっておりますでしょうか？」

「ふん。君はアルフィーナまんじゅうを知っているか？」

話題をぽんぽん変えないでよ、あたしの首みたいに。

「もちろん。購買でも売ってましたね。なんでもアルフィーナ様の父君が売り出されたとか」

「そのようだな。中には赤いジャムが入っている。公爵によれば、アルフィーナの赤い髪をイメージしたとのことだ」

「まぁそうなのですかー。確かに、綺麗な色のジャムですわよね」

その時、ライオネットの蒼い瞳が激しく輝いた。「その眼光、稲妻の如《ごと》し」と吟遊詩人に謳《うた》われるほどの鮮烈な視線を、アルフィーナへ向けてくる。

「違う！　違う！　そうじゃない！　そうじゃない！」

「は？」

「アルの、アルフィーナの髪はもっと情熱的な赤をしている！　彼女の気性そのままの、地平線の彼方で赤く燃え上がる夕陽のような赤色をしているのだ！　あんな具では、彼女の魅力の半分も再現できてはいないのだ！」

「…………へえ～…………」

嫌だなあ。

まんじゅうの具で熱くなる英雄。

そんな英雄やだなあ。

もう、ヒッパーくんの背中はずいぶん小さくなっている。

「殿下、ご用件がそれだけでしたらあたくし――」

「その点、君の髪の色は素晴らしい赤だな。まさしく、彼女のものと近い」

「あ、ありがとうございますぅ」

まだ続くのこの話⁉

「本当に染めたのか？　どうやったらそんな綺麗に染まるのだ？」

「きょ、極東国に伝わる秘薬がございまして、門外不出ですのよ。オホホホホ」

「そうか。まるでアルフィーナのことを知り尽くしているような色だったから。極東でも彼女は有名なのか？」

「さ、さあ？　あたくしも旅に出てから長いので」

「旅か。アルフィーナも旅が好きだった。今も世界のどこかを旅しているのだろうか。これだけ探しているというのに」

いますわよ！　あなたの目の前にいますわよ！

そんでもって、イライラマックスでございますわよ！

……なんて、怒鳴りつけられればどんなに良いだろうか。

一方、皇子の「心の声」はあいかわらず切々と恋心を歌い上げ。

（俺のアル……いったい今、どこでどうしているのだ）

（目の前の彼女の髪を見ていると思い出してしまう。居てもたってもいられなくなる）

（いっそ見なければ良いのに、キスリングにもそう言われたのに、ああ、見に来てしまった）

（案の定、こうして心を奪われてしまっているではないか）

（俺は破廉恥な男だ……）

（笑ってくれ……アル……）


「あはははははははは‼」

「ど、どうしたというのだ、急に笑い出して」

「イエイエ、こちらのことです。あはははははははははははははははははははは」

殿下が笑えっていうから笑ってあげてるのよ！

っていうか、笑う以外何ができるというのよ‼


ちなみにヒッパーくんの背中はもう、影も形もない。

◆

彼と話すのは、明日以降に持ち越しになってしまった。

翌日のお昼休み。

「おや、アル先生。ご飯は食べないのかい？」

「教室で仕事が残っておりますので！」

昼ご飯抜きで職員室からダッシュで教室へとやって来たアルフィーナだが、またもや無情、すでに思い人ヒッパー君の姿はない。

なんて逃げ足の速い！

もちろん彼は逃げているわけではないとわかっているのだが、そう毒づきたくもなる素早さだ。誰にも気づかれたくない秘密でも抱えているのかと、勘ぐりたくなってしまう。

——こうなったらもう、こっちも本気出すわ！

昼休みの喧噪《けんそう》に包まれる教室で、アルフィーナは深呼吸して精神集中、魔力を全解放した。『読心』魔法の範囲を極限まで広げ、いま学院にいるすべての人々の心の声が聞こえる状態にしたのである。

これをやると頭痛がするし、翌日まで人々の心の声が頭にこびりついたように離れないため、やりたくなかったのだが、もう悠長なことは言ってられない。キスリングや皇子に正体がばれないうちに学院から逃げ出さないと。そのために、ヒッパーの真意を確かめておく必要があった。

様々な『声』が、アルフィーナの心に届いてきた。

（トマトはお弁当に入れないでっていったのに、お母様のばか！）

（あーん、ばあやったら、今日の卵焼きしょっぱい！　最近ボケてきたのかなあ）

（なんか食欲ないなー、パンだけで今日はいいかなあ）

これは昼ご飯を食べてる生徒たちの声。

ヒッパー君らしき声はない。違う。

（午後の授業だるぃなあ、サボろうかなあ）

（あーあ、次はベロア先生の授業かあ。アル先生だったら良かったのに）

嬉しいこと言ってくれてるけど、違う。

（ぶひぶひぶっひぶっひひーん♪　ぶひひんひーん！）

んんん？　なにこのブタの声。

誰？

あの聖女には及ばないけど、なんかむかつくわね。当然違う。

（なあ、僕の足よ。キミは何故、五年一組に向かってるのかな？　まさか、またあの赤髪の彼女に会おうと思ってるんじゃないだろうね？　わかってるのかい？　彼女はアルフィーナ嬢じゃない。

別人なんだよ。なのに何故、歩いているのかな？）

うわ、やばいの来るやばいの来る。

早く逃げなきゃ。

もちろん違う。

（愛《いと》しのアルを思って、今日もまた俺はこのまんじゅうを……くっ、甘いものは苦手だというのに、なぜ！　ムシャムシャ！）

……ライオ殿下……。

いや、もう、違うし。

まったく役に立たない情報ばかりで心の鼓膜が破けそうになるため、打ち切ってしまおうかと思ったその矢先である。

（今日は元気だなお前たち、葉がつやつやしてるぞ）

（もっともっと大きくなれよ）

この声は聞き覚えがある。

普段と違ってずいぶんと優しい調子だから、注意深く聞かないとわからなくなりそうだけれど、これは……。


(それにしても、オレのほかにお前たちの世話をしてくれる人がいるなんてな)

(雑草取りしてくれたの、誰なのかな？　フフフ)


間違いない。

彼だ。ヒッパー・ワイルズ。

この声は、裏庭の辺りから聞こえている。

先日、ヒイロと落ち合ったあの人気《ひとけ》のない花壇のところだ。

そうとわかれば、一刻も早く‼

廊下に駆け出たところに、ちょうどやってきたおしゃべりクソメガネと出くわした。

「おや？　アル先生。そんなに急いでどこに行かれるのです」

「ちょっと世界の果てまで！」

クソメガネを押しのけて走り、走り、走って――アルフィーナは裏庭の花壇までやって来た。

「こ、こんにちはっ、ヒッパーくん！」

「⁉」

彼は目を大きく見開いて驚き、固まってしまった。汗だくで息を切らせてやってきた自分にドン引きしているのがありありとわかるが、もはや取り繕う余裕はない。

「ここの花壇を世話してくれていたの、あなただったのね。ありがとう。知らなかったわ」

彼の足下にはじょうろが置かれている。手は土まみれだ。お昼休みはいつもここでひっそりと手入れをしていたのだろう。だから誰も知らないし、見つからなかった。

ヒッパーは顔を赤くすると、手についた土を乱暴に払った。

「べ、別にそんなんじゃねーしっ」

じゃあどんなんだろう？　と思ったが、素直じゃない系男子の扱いは殿下のおかげで慣れている。むしろ彼の不器用さに好感を持ってしまった。

「そっか。好きでやってただけって感じ？　じゃあ『ありがとう』は違ったかなー。仲間として『お疲れ様』って言えば良かったかしら」

「……なんだよ、仲間って」

アルフィーナは笑いかけた。

「あたしも花や植物が大好きなの。表にある立派な花を咲かせる花園もいいけど、ここのこぢんまりとした風情のある花壇もけっこう好きよ。表の規模になると庭師に頼まなきゃならないけど、このくらいなら自分で雑草むしったりできるもの。『自分で育てる』っていうのが、お花の大切なところなのに、みんなは何か勘違いしてるわよね」

ヒッパーは意外そうにアルフィーナを見返した。

「アル先生、極東国の魔法局から来たんだろ。つまり、エリートだろ」

「んー。まあね」

「じゃあ、向こうじゃ貴族の令嬢だったんじゃねーのかよ？　貴族がそんなことというのかよ？」

アルフィーナは思わず噴き出してしまった。

「な、なにがおかしいんだよ！」

「ごめんなさい。でも、あなただってヘヴンローズ王国の貴族でしょう？」

むぐ、とヒッパーは声を詰まらせた。

「花や植物を好きな気持ちに貴族も国も関係ない。表も裏も関係ない。そうでしょ？」

「……うん……」

はぁぁ、なんていい子。

貴族社会的にはどうかわからないけど、自分的には断然、彼に好感を持ってしまう。

さて――。

いよいよ、ここからが本題だ。

「ねえ、前から聞きたかったんだけど、どうしてカルルくんに突っかかったりするの？」

「……」

「あなたはいじめをするような子には思えないし、カルルくんだって、公爵家の名前をカサに威張るような子じゃないと思う。何か、理由があるんじゃないの？」

「…………」

案の定、押し黙ってしまって答えてはくれない。

しかし、心の声を聞いてみると――。


（だまされるな！　こんな先生の言うことを聞いちゃいけない！）

（帝国のやつらはみんな、敵なんだ！）

（とくに、カルル・マン・シルヴァーナは、一番憎むべき敵なんだから！）


「て、敵？」

思わず声に出してしまい、あわてて自分の口を押さえた。

幸い、ヒッパーくんには聞こえなかったようだ。

「あのさ、ともかく詳しく話を聞かせてくれない？」

「話すことなんかない！」

彼の声は頑なだった。

「そんなこと言わないでさ、話せばきっと」

「うるさい！　オレに構わないでくれよ！」

肩を突き飛ばされ、アルフィーナは尻餅をついた。腕力は強くなかったが、勢いがあった。それは、彼の拒絶する意志がそれだけ強いという証《あかし》のように思えた。

「ま、待って！　ねえお願い！」

走り出した彼は止まらなかった。アルフィーナの手も声も届かず、あっという間に校舎の向こう側へ行ってしまった。

それと入れ替わりに、綺麗な白猫が裏門の方角から駆け寄ってきた。

「ヒイロ、ちょうど良かったわ。ヒッパーくんの後を追いかけて！」

「いいえ。その必要はありません」

「どういうこと？」

主人の足下に来た忠実な白猫は、落ち着き払った口調で言った。

「わかったのです。ヒッパー・ワイルズが、なぜ帝国を、特にカルル様を敵視するのか、その理由が」

◆3章

その夜——。

アルフィーナとヒイロは、誰もいない学院にやって来た。

職務に忠実な警備員には、申し訳ないがちょっと魔法で眠ってもらって、学院にある『遠見』の部屋に忍び込んだのである。

ここは生徒の学習用施設で、離れた場所からでも有名な先生の講義を受けることができる。

簡易な『遠見』であれば、職員寮にあるアルフィーナの部屋で行っても良かったのであるが、「重大な情報を扱うので、ちゃんとした施設を使ったほうが良いでしょう」というヒイロの考えで、この部屋を選んだのであった。

明かりをつけるわけにはいかないので、携帯用の小型照明石が放つ光を頼りに、無数の鏡が鎮座する部屋を見渡した。

時刻は夜九時を少し回ったところだ。

夜更けの学院は昼間とは異なり、静謐《せいひつ》で、誰もいない暗闇を鏡が映し出していた。

「夜の学校って、なんか出そうなのよね～」

子供の頃、忘れ物をして夜の学院に忍び込んだ時のことを思い出した。見慣れているはずの校舎はお化け屋敷のように見えて、自分の靴が立てる音の大きさに驚きながら歩いたことを思い出す。

幽霊《ゴースト》がもしこの世にいるなら、ぜひ目の前に出てきて欲しいと、当時は思っていた。

大人になった今は、人間のほうが幽霊よりよほど恐ろしいことを知っている。

「この鏡がちょうど良さそうですね」

人間態のヒイロが指さしたのは、この部屋で一番大きな鏡だった。

ヒイロは懐から取り出した青い魔法石を鏡の前に置いて、簡単な呪文を唱えた。

「この魔法石には、私が昨夜見た光景がそのまま映像として記録されています。私では魔法力が足りなくてほんの数分程度しか記録しておけなかったのですが、それでも、『彼ら』の陰謀のおおよそは摑《つか》めると思います。——さあ、アルフィーナ様」

アルフィーナは頷《うなず》いて、鏡に手をかざして魔力を込めた。

魔法によって記録された映像が、遠見魔法がかかった鏡に連動し、呼び出される。

この記録魔法は、本来、思い出を保存するために祖母ユリナールが編み出したものである。アルフィーナが生まれた時「娘の成長を記録したい」という息子の求めに応えたのだという。

それが今、こんな形で役に立つとは……。

鏡に映し出されたのは、森の中にある古びた教会であった。

正門には、雷の剣を勇ましく掲げた神々しい男の姿を彫り込んだレリーフがつけられている。

それは、大神ゼノスのもっともありふれた姿。

神話《テーバ》に描かれる、かの至高神の姿であった。

つまり、ここはゼノス教会。

聖女が引き起こした陰謀劇によって、皇帝陛下から「閉鎖」の命令を受けたはずの教会の窓に、ほのかなろうそくの明かりが見える。ひび割れた窓の隙間から、神に祈る声が漏れてきている。

ヒイロが言った。

「残った信者が、人知れず活動していたのです。夜中に隠れて集会を開いていたようですね」

映像が急に暗くなった。

「壁に開いていた小さな穴をくぐって、中に侵入しているところです」

「やっぱり建物はかなりガタがきてるのね」

「今は使われていないことになっていますからね。修繕するわけにもいかないのでしょう」

そうまでしていまだに活動を続けているのだからあっぱれというか、諦めが悪いというか。

再び、映像が鏡に映し出された。

そこには、黒い法衣を着た二十人ほどのゼノス教徒がいて祈りを捧《ささ》げていた。壁にかけられてるのは、聖女デボネア・ルア・ライトミストの大きな肖像画。それに対して祈っているようだった。

「えっ。大神ゼノスじゃなくて、あのブタさんに祈ってるわけ？　順番おかしくない？」

「同感です。もはや彼らはゼノス教徒ではなく、デボネア教徒と言うべきかもしれません」

全員目深にフードをかぶっているため顔はわからないが、体型を見る限り、女子供もたくさんいるようだった。ゼノス教は「弱者救済」が名目だから不思議ではないのだが、ブタさん教は弱者を救ったりはしないだろう。むしろ踏みつけにして食い物にする側だ。

そんな教徒たちの先頭には、広い背中の大男がいた。

法衣が彼だけ仰々しく飾り付けされている。おそらく司教か、それに準ずる立場の者なのだろう。

「どうやら彼がリーダー、この集まりの主催者のようね」

祈りの声がやんだ。

司教が立ち上がる。

頭を垂れる教徒たちを見渡して、彼は声を張り上げた。

『我らが聖女デボネア様は、いま、世の中で「悪女」などと呼ばれている。だが、それは嘘《うそ》だ。ライオーン帝国とヘヴンローズ王国が結託し、我々ゼノス教会を弾圧するために流した虚言にすぎぬ。こうして聖女復活のために祈りを捧げる諸君らには、そのことがよくわかっていることと思う』

「んん？」

空々しい彼の演説を聴いていたアルフィーナは、ふと首を傾げた。

この声、どこかで聞いたことあるような？

『デボネア様こそ正義！　至高の美！　この世の光！　大神ゼノスの意志を体現するお方！　この汚れきった地上を救うことができる唯一の存在なのだ！』


熱弁を振るった勢いでフードがずり落ちた。

短く刈り込んだ髪、骨張った太い首が露わになる。

まるで、巨熊のような風貌の大男だ。

その男の名は――。


「は、はちみつクマさん⁉」


またの名をベアード・マクガイヤー。

カルルの担任教師ではないか！

ヒイロが言った。

「彼はヘヴンローズ出身で、ご覧いただいている通り敬虔《けいけん》なゼノス教徒です。帝国で教師をやっているのはスパイ活動でしょう」

「聖女が帝国を支配する後押しをしてたってわけか。それで、聖女が死んじゃったから、行き場をなくして」

先日聞こえた心の声、「ぶひひんひーん」も、彼だった可能性が高い。

聖女を崇めるものは、心の中までブタになってしまうということか。

「この様子を見る限り、懲りてはいないようですね」

ヒイロの言う通り、クマさんの表情には陶酔しているような色があった。狂信者にありがちな顔である。

クマさんはゆっくりと教徒たちのあいだを歩き回り、ひとりの教徒の前で足を止めた。

その教徒のフードから、黒い髪がはみだしている。


『ヒッパー君。立ちなさい』


「え⁉」

驚くアルフィーナの眼前に、あの浅黒い肌の少年ヒッパー・ワイルズの姿が映し出された。間違いなく彼だ。痛む傷をこらえるかのような、つらそうな顔をしている。

クマさんは彼を立たせて、教徒たちに演説した。

『この少年は、外交官であるお父上の仕事でヘヴンローズを離れて帝国にやって来た。彼のお父上は敬虔なゼノス教徒で、教会のために活動していたのだが、昨今の弾圧によって中央を追われ、帝国駐在官へ左遷されてしまった。そのせいで奥方との仲が悪化し、帝国には息子であるヒッパー君と二人きりでやってくることになってしまったのだ」

ヒッパーがぎゅっと唇を噛《か》みしめるのが、遠見魔法のやや粗い映像でもわかった。

『この少年の家族を引き裂いたのは、我々を弾圧する王国と帝国。ひいては、我らが聖女を貶《おとし》め教会を閉鎖に追い込む発端となった、アルフィーナ・シン・シルヴァーナである！』

「あ、あたしっスか⁉」

思わず叫んでいた。

「あたし、その聖女サマに99回首ぽんされてるんですけど⁉　こちらが恨むならともかく、そちらが恨むのは筋違いもいいところでしょうが！　ちょっと聞いてんのクマさん⁉」

ヒイロに「記録映像です」と冷静にツッコまれたが、そんなことはわかっている。

『今や「至高なる真紅《グレーテスト・ヴァーミリア》」などと持ち上げられているが、アルフィーナはまぎれもなく悪女！　聖女は我らが崇めるデボネア・ルア・ライトミスト様ただおひとり！　――そうだね？　ヒッパー君』

クマさんに促され、ヒッパーは頷いた。

しかし、よくよく彼の表情を見ると、完全に洗脳されているようには見えない。洗脳された教徒は虚ろな目をしているものだが、彼はそうではない。その意志の強い、生意気な面構えは健在だ。

子供ながら、ヘヴンローズ貴族として、あるいは「紳士」としての誇りのようなものが感じられる。
一方で、ぎゅっと握りしめた拳には、やるせない行き場のない怒りのようなものが漂っている
――ように、アルフィーナの目には映った。

『良いか皆の者！　我々はできる限り仲間を増やさねばならない！　当局に見つからぬよう細心の注意を払いつつ力を蓄え、我らが敵である帝国と王国を打倒するのだ！』

『おおー！』

『デボネア様‼　ブヒィイイイイイイイン‼』

『『『『『ブヒィイイイイイイイイイイイイイイイン』』』』』

『ブヒィイイイイイイイイン！』

『『『『『『ブヒィイイイイイイイイイイイイイイイイイイイイイン』』』』』』


いやー……。

そんな「万歳！」みたいにブヒブヒ鳴かれても困るんですけど。

ブタの信者も、また、ブタさんということか。クマさんだと思っていたのに。

クマさんがまた演説を始めた途中で、映像がフッ、とかき消えた。

「申し訳ありません。私の魔力ではここまでの記録が精一杯でした」

「いいのよ。よくやってくれたわ」

これだけ見れば、もう十分だった。

「つまり、ヒッパー君はご両親の不仲で傷ついていたところを、担任であるクマさんにゼノス教会に勧誘されて、帝国やあたしに対する敵愾心《てきがいしん》を植え付けられた。だから、あたしの弟であるカルルにもやたらと突っかかっていた。そういうことよね？」

「おっしゃる通りかと」

ヒイロは頷いた。

「これからどうなさいますか？　この映像を収めた魔法石をライオネット殿下に届け出れば、事は簡単。ベアードは逮捕されるでしょうが――」

アルフィーナは首を振った。

「記録魔法なんて、お祖母《ばあ》様だけのとっておきよ。あたしの存在がバレちゃうわ。それに、殿下に任せたら、ヒッパー君まで罰を受けることになっちゃうかもしれないじゃない」

いたいけな子供に邪悪な教えを植え付けているのは、あのクマさん先生だ。

彼は子供たちを教え育てる教育者でありながら、生徒を洗脳して、自分の理想を実現させるための道具にしようとしている。許せることではない。

だが、クマさんを罰するのにヒッパー君まで巻き込んでしまっては、結局同じ穴の狢《むじな》になってしまう。

あくまで内々に、そして早急にヒッパー君に真実を教えて、クマさんから引き離さなくてはならないということだ。

「これが『アル先生』の最初にして最後の大仕事ってことになりそうね」

闘志を燃やしながら、アルフィーナはつぶやくのだった。

◆

翌日のお昼休み。

アルフィーナは、またもや裏の花壇へとやって来た。

今日はカルルも一緒だ。


「良かった。今日も来てたのね」

「……」


ヒッパー・ワイルズはこちらに目もくれず、黙々と作業に没頭している。自分が持ってきた鉢植えの苗を花壇に植え替えているところらしい。苗を傷つけないよう繊細に、しかもてきぱきと作業を進めるその手つきは、十一歳と思えないくらい堂に入っている。

「うまいのねえ。おうちでもやってるの?」

彼は手を休めず、ぶっきらぼうに言い捨てた。

「こっちの家に、花壇なんかねーよ」

こっちの家――つまり、父親と住んでいる帝国の家には、花壇はないということか。

きっとヘヴンローズ王国の実家には立派な花壇があるのだろう。

土いじりにかけては一家言あるアルフィーナから見ても、彼の手際は鮮やかだ。一朝一夕に身につくものではない。幼い頃から、誰かに教えてもらっていないとできない。

――きっとそれは、彼のお母様ね。

家の庭を見れば住人の為人《ひととなり》がわかるというのは、祖母ユリナールの言葉だ。ヒッパーの母親の花に注ぐ愛情が見てとれる。

きっとその愛情は、息子にも注がれていたのだろう。

「今日はあなたに伝えたいことがあって来たのよ。ね、カルルくん」

カルルは頷くと、ヒッパーの前へ進み出た。

ヒッパーが立ち上がり、至近距離からカルルをにらみつける。

「女を味方につけやがって。お前は汚いヤツだな」

カルルは挑発に乗らず、じっとヒッパーを見つめ返している。

「帝国のやつらは、みんな汚いんだ。先生の言ってた通りだぜ」

「その先生っていうのは、ベアード先生のことね？」

アルフィーナが言うと、彼はぎくりと肩を強ばらせた。

「ねえヒッパー君。あたしには詳しいことはわからないけど、その先生の言ってることは本当に正しいのかしら？」

「……」

「帝国には、確かにずるい人もいるわ。あたしもそのひとりかもしれない。だけど、それはあなた自身の目で確かめたことなの？　ベアード先生に言い含められたことじゃないの？」

「うるさい！」

敵意に燃えるまなざしがアルフィーナに向けられた。

「聖女様を汚い罠《わな》にかけたくせに！　聖女様はこの世界に光をもたらしてくれるはずだったのに、帝国と王国が手を組んで殺したんだ！　そのせいで、オレの家族だってバラバラになったんだぞ！」

「そういう風に、ベアード先生に吹き込まれたんでしょう？」

「違う！」

彼は激しく首を振った。

「聖女様のこと、オレは尊敬してる！　教会にはお父さまと毎週礼拝にいってたんだ。直接お言葉をいただいたことだってあるんだぞ！」

彼の父は、敬虔なゼノス教徒であるという。

実際のところ、アルフィーナだって、ゼノス教徒＝悪だとは思っていない。そもそも、アルフィーナの両親だって大神ゼノスを信奉してるし、礼拝にも時々出かけることがあった。それが帝国では普通の習慣である。

だが――狂信者となれば話は別だ。

信仰も度が過ぎると、真実を見る目が曇ってしまう。黒を白と信じ込んでしまうのだ。

ヒッパー・ワイルズが狂信者かどうかはともかくとして、彼の目を覚まさせるにはどうすればいいか？

答えはひとつしかない。

突きつけるのだ。真実を。

「ヒッパーくん、これを見て欲しいの」

アルフィーナが懐から取り出したのは、魔法儀式用の大きな手鏡だった。

普通の手鏡より大きい。棍棒《こんぼう》がわりになりそうな、魔法道具や化粧道具というより武器と言われたほうがしっくりくるシロモノだ。

最低このサイズでないと、記録魔法を行使できないのだ。

「あたしのお祖母様は魔法の天才でね。今こうして見ている景色や聞こえている音を、そっくりそのまま『記録』する魔法を編み出されたの」

「きろく？　……何いってんだ、あんた」

訝《いぶか》しげな顔をするヒッパー。彼は聡明《そうめい》だが、真面目すぎるところがある。未知の魔法がどんなものか想像もつかないのだろう。

アルフィーナは続ける。

「この記録魔法のすごいところはね、過去にさかのぼっても記録できるところなの」

「過去？」

「そう。あたしが過去に見聞きした光景を、この触媒の鏡を通して、あなたに見せることができるということよ」

「そ、そんなことできるもんか！」

論より証拠である。

「カルル、お願いね」

カルルは頷き、手鏡を姉から受け取った。

過去のアルフィーナの記憶へさかのぼるためには、強大な魔力が必要である。アルフィーナひとりでは難しく、カルルの魔力を借りなくてはならないのだった。

カルルが呪文を唱えると、鏡が強い輝きを放ち始めた。

思わず目を背けてしまったヒッパーに、

「ヒッパー君！　目を閉じないで！」

カルルの魔力に自分の魔力を重ねながら、アルフィーナは叫んだ。

「あたしだって、こんなの思い出したくないんだから！　でも、あなたが通らなきゃいけない、見なきゃいけないことなの！　目を逸らさないで！」

その言葉が届いたのか、どうなのか。

ヒッパーは視線を鏡に戻した。

そこに映し出されていたのは――醜いブタの姿であった。

『なんのことかと思えば、アルフィーナ？　アルフィーナですって？　あの首ぽ～んされたミジメな公爵令嬢のこと？』

『今の今まで忘れてたわァ、ッシャヤッシャヤッシャァ！』


静かな校舎裏に轟《とどろ》く、お馴染《なじ》みの笑い声。

いや、お馴染みなのはアルフィーナとカルルだけで、ヒッパー君にとっては初体験となる。

その聞くに堪えない奇声を発しているのは、霧のように淡い金髪を持つ美少女である。

純白の法衣に身を包んだ清楚《せいそ》なその姿は、まさしく〝聖女〟。

――の、はずなのだが。


『あれェ泣くの？　ねえボクゥ、男の子なのに泣くのォ？　泣いちゃうのォ？』

『泣～け♪　泣～け♪』


鏡の中では、その〝聖女〟が、反復横跳びしながら泣きそうなカルルを煽《あお》っているところだった。

今こうして見ても、憎たらしさのあまり、腹が立つのを通り越して笑えてくるほどだ。

そう――。

これは一年前の光景。

ヘヴンローズ城で行われた聖女との最終決戦、その時の映像であった。

「な、なんだよ、このブタは……」

ヒッパーがつぶやいた。

クマさんが吹き込んだでたらめを信じている彼だが、まだ、美的感覚は正常に働いてくれているようだ。

「そうよ。ブタ野郎よ。これがあなたたちが崇めている聖女の正体なのよ」

「せ、聖女様っ⁉　こいつが？」

ヒッパーはうろたえたように何度も首を振った。

「う、嘘だ。確かに金髪で服装も同じだけど、こんなムカつく反復横跳びするやつが聖女様であるもんか！」

「……そうよねえ」

信じられないのも無理はない。

気持ちはわかる。

自分だって、初めて聖女の心の声を聞いた時は「まさか」「よもや」と思ったのだから。

「よっく見て、この映像を」

「み、見たくないいやい！」

「見るのよ！　真実から目を背けないで！」

『はーい、美少年の涙いただきましたァ～ン!!　やぁんもぉ、ペロペロしたぁ～い♪』

『ッシャッシャッ!!』

カルルの顔のそばで高速で舌を動かすブタの醜悪きわまる姿を見て、ついに、ヒッパーくんの口からうめき声が漏れた。

「き、キモイ」

「まったくまったく」

ウンウン、と頷くアルフィーナとカルルである。

「見ての通り、このキモイのが聖女の正体よ」

ヒッパーは頭をかきむしりながらうずくまった。

「嘘だ、嘘だ、嘘だ、嘘だっ！　じゃあ、いくらお祈りしても、何も変わらないってことかよ？　どんなに聖女様に祈っても、オレの家族は、お母様やユリアは……」

その声に涙が混じった。

アルフィーナはしゃがみこみ、ヒッパーに視線を合わせた。

「何か、先生にできることはある？」

「……」

「たとえば、この記録をお父様に見せて聖女への信仰を考え直してもらえれば、もう一度お母様と話し合ってもらうことができるかも」

「うるさいっっ！」

叩《たた》きつけるように叫び、ヒッパーは立ち上がった。

「余計なお世話だ！　アル先生には関係ないだろ！」

ヒッパーが突き飛ばしてきた。子供の力とはいえ、しゃがんでいたところに両肩を押されると踏ん張れない。アルフィーナは尻餅をついてしまった。

「せんせいに、らんぼうするな！」

珍しく大声を出したカルルが、手鏡を放り投げて立ち塞がった。

ヒッパーはカルルをにらみつけた。

「お前に俺のきもちがわかるもんか、カルル。お前は公爵家の跡取りで、ねえさまは救国の英雄で。おまけに魔法の天才だろ。そんなやつに、王国から追い出された父さまやオレのきもちがわかるもんか！」

ヒッパーはカルルも突き飛ばすと、そのままの勢いで駆けだした。

彼が横を通り過ぎるその時――アルフィーナは見てしまった。

その瞳に大粒の涙が浮かんでいるのを。

「ねえさま、だいじょうぶ？」

「ええ。これは、ちょっと難しそうね」

カルルの手を借りて立ちながら、アルフィーナは自分の認識の甘さを悔やんだ。

聖女の本性を知ればヒッパー君ならわかってくれる、聡明で誇り高い彼なら、きっと真実に気づいてくれる。――そう思っていた。

だが、違う。

違うのだ。

人は、自分の見たいものを、見たいように、見る。それをアルフィーナは知っている。心の声が聞こえるアルフィーナは知っている。真実は必ずしも人を幸せにしない。その逆に、嘘によって救われる心だってあるのだ。

つまり、彼は聖女デボネアを信じていたのではない。


信じたかった、のである――。

◆

昼休みが終わっても、放課後のベルが鳴っても、ヒッパーは教室に戻ってこなかった。

「これはどういうことですかアルーシャ先生!」

職員室でベロア先生に詰問され、アルフィーナは頭を下げた。

「申し訳ありません。あたしが昼休みに叱ったせいだと思います」

事実、自分のせいであるとアルフィーナは悔やんでいた。彼の繊細さにもっと気を配るべきだった。カルルを連れていったのも裏目に出た。仲直りして欲しかったのだが、かえって彼のプライドを刺激して頑なにさせてしまったのかもしれない。

「ああもう、どうしましょう。もし彼に何かあれば、問題になってしまいます！　彼のお父上はヘヴンローズの外交官、ヘタをすれば国際問題ということにもっ……」

オロオロと歩き回るベロアに、アルフィーナは言った。

「あたしが責任をもって探し出します。いちおう、心当たりはありますので」

すでにヒイロに頼んでいる。自宅にはまだ戻ってないのは確認済み。ならば、行き先はもう「あそこ」しかない。

カルルも探すといって聞かなかったが、どうにか言い含めて今日は帰らせた。夜遅くなったら両親が心配するし、またヒッパーくんを刺激してしまうかもしれない。

「ところでベロア先生。クマさん……じゃなくて、ベアード先生は今日はなぜお休みなのですか？」

「もともと今日は休暇を取っておられたのです。ああ、よりにもよってこんな日に！」

「休暇の理由は、何か聞いていらっしゃいますか？」

「さあ。ひと月に一度は休みを取るので、いちいち理由なんて聞いてませんよ」

……ふうん。

どうも、何か秘密がありそうだ。

その時、今日の視察を終えたらしいライオネット皇子とキスリングが職員室に戻ってきた。

二人の視線がアルフィーナを捉える。

皇子は「ふん」と言って一度視線を逸らした後、また視線を戻して。

キスリングは「ふむ」とか言いながらメガネをクイッと上げて。

そして二人がこちらに歩み寄ってこようとするので、

「でっ、ではベロア先生！　あたしは彼を探しに行って参りますので！」

アルフィーナは駆けだした。あの二人が絡んでくるとまた話がややこしくなる。これ以上面倒事はごめんである。

ともかく今は、ヒッパー君を探し出すことが先決である。

4章

嘘《うそ》だ。

嘘だ。嘘だ。嘘だ。嘘だ。

ヒッパー・ワイルズはひた走りながら、叫びをあげていた。


「嘘だッッ！」


聖女デボネア様。

大神ゼノスの遣いであり、この世界に光と平和をもたらす存在なんだって、お父様は言っていた。

教会を、聖女様を信じていれば、必ず幸せが待っているって。


『いいかい、ヒッパー』

『ワイルズ家が栄えているのは、聖女様を信仰していたおかげなのだ』

『私が第一王子ではなく、第七王子のヤヴンロック様を推すことにしたのも、聖女様の預言に従ったからなのだよ』

『預言は大当たりして、ヤヴン様は今や王位継承最有力候補となられた』

『そのおかげで私も、中央執政官に任じられたのだからね』

『大出世だよ、わはははのはー、だ！』


少しお調子者なところがある父だが、世間での評判は決して悪くなかった。明るい社交家で、ジョークをとばして人を笑わせるのが好きな父のことを、息子のヒッパーも敬愛していたのである。

しかし、ヒッパーの母は、そんな父に辛辣だった。


『預言なんてあてになるものですか』

『聖女は、あなたには「第七王子が来る」と言っておいて、他の貴族には「第三王子が来そうだ」なんて言っていたという噂《うわさ》もありますよ』

『あんなよくわからない聖女の言いなりになって、それで出世して、嬉《うれ》しいのですか？』


父が信仰にのめり込めばのめり込むほど、母との口論は増えていった。

ヒッパーは五つ下の幼い妹とともに、それを聞かされて育ったのだ。

居間で口論が始まると、兄妹はいつも兄の部屋に逃げ込んで、こう話していたものだ。

「ねえ、おにいさま。せいじょさまって、そんなにえらいひとなの？」

「そうだよ。父さまがそう言ってるじゃないか」

「でも、おかあさまはちがうって。どっちがただしいの？」

「……そんなの、わかるもんか」


やがて、父は仕事が忙しいという口実で屋敷に帰ってこなくなった。

母も夜な夜な社交界の場に出るようになり、広い屋敷で幼い兄妹と使用人だけで過ごすことになった。

家の中は静かになったが、そのぶん、寒くなった。

ヒッパーの母は園芸が趣味で、屋敷の庭園の植物を自ら世話していた。けっこうな広さがあったのだが、使用人にまかせず、自分で種の選定からやらないと気がすまない性質であった。

ヒッパーは、そんな母と一緒に花を育てるのが好きだった。

だが、父と不仲になって家を空けるようになって以来、母は庭園の世話をしなくなった。

他の家から「よほど腕のいい庭師がついているのか」と言われるくらい、隅々まで手入れの行き届いていたワイルズ家の庭園を世話するのは、今やヒッパーだけになっていたのである。

そんな時、王国をゆるがす大事件が起きる。

ヘヴンローズ城で爆破テロが起きたのだ。

首謀者は、なんと聖女デボネア・ルア・ライトミスト。

王政に不満を持ち、ゼノス教徒を扇動して事件を起こした――と、ヤヴンロック王子直々に発表があった。聖女本人は魔力の暴走により自爆して死亡したが、それだけでは済まず、王国の教会にはすべて強制捜査が入った。結果、ゼノス教会が度を超した多額の献金によって莫大《ばくだい》な資金を蓄えていたことが明るみに出るにつけ、教会と聖女の権威は完全に失墜した。

敬虔《けいけん》なゼノス教徒であった父は、左遷の憂き目にあった。

中央からはずされて、ライオーン帝国の駐在官として国を追い出されたのである。

父は、ヒッパーにこうぼやいた。

「なあ息子よ。父さんは間違っていたのかなあ」

「知らないうちに聖女様に洗脳されて、判断を誤ったのかなあ」

「もう、母さんは私とは口もきいてくれなくなってしまった」

「帝国にも、ついてきてはくれないだろうな……」

あの明るい父が悄然《しょうぜん》としているのを見て、ヒッパーは言った。

「オレがついていくから、大丈夫だよ」

「二人で帝国でがんばろうよ。お父様が帝国で出世すればいいんだよ」

「そしたら、いつかきっと、お母様もわかってくれるからさ」


かくして、父とヒッパーが帝国へ行くこととなり、母と妹は王国に残ることになった。

兄さまと別れたくないと泣きじゃくる妹をなだめて、「きっと、すぐに、戻ってくるから」と、自分もつらいのを隠して、ヒッパーは言ったのだ。

帝国でヒッパーはメルビナ初等学院に通うことになり、そこでひとりの少年に出会う。

カルル・マン・シルヴァーナ。

魔法の天才児で超級魔法さえ使いこなす彼に、ヒッパーは度肝を抜かれた。王国ではヒッパーは優等生で、勉強でも運動でも魔法でも、同い年に敵はいなかった。「ライバルがいなくて、つまらない」なんて思い上がってしまうほどだったのだ。

だけど、カルルはそんなヒッパーの鼻っぱしらをへし折ってくれた。

――こいつ、マジすげえ!

ヒッパーは、カルルに憧れの気持ちさえ抱いたのだが、彼があの「アルフィーナ」の弟と知って、その憧れは反感へと転じてしまった。

アルフィーナといえば、聖女の陰謀を最初に暴いた女性である。

聖女が転落する最初のきっかけを作り、ひいては父とヒッパーが帝国に追いやられることになった原因を作った人物とも言える。

もちろん、ヒッパー本人としては、会ったこともない「アルフィーナ」に恨みなどない。

聖女の企みで斬首刑に処されたというその身の上には、同情もする。

だが——理屈ではわかっていても、感情ではそうはいかない。

帝国でのアルフィーナ人気はすごいもので、毎月たくさん本が出版されたり、まんじゅうが売り出されたりと、もうめちゃくちゃなものだった。

アルフィーナが持ち上げられれば持ち上げられるほど、その敵である聖女は貶《おとし》められていく。

王国で聖女に肩入れしていた父は、当然肩身が狭くなっていく。

ヒッパーとしても、「お前の父は間違っていた」「聖女に洗脳されるマヌケだったんだ」と周りから言われているようで、つらい。

そんな状況だから、カルルに対して素直に「ともだちになろう」なんて、言えるはずもなく。

生来の負けず嫌いもあり、カルルを持ち上げるクラスメイトたちに対して、ヒッパーは孤高を貫く以外の方法がなかったのである。


そんなある日のことだ。


昼休み、たったひとりで校舎裏の花壇で昼食をとっていたヒッパーのところへ、「ある人物」がやってきた。

彼は、優しい目をして、こう語りかけてきた。

「ヒッパー君。キミは間違ってない」

「キミのお父様も、間違ってない」

「正しいのは聖女様だ。間違ってるのは、この世界のほうだ」

「ボクは立場上、帝国に仕えてはいるが、あくまであれは仮の姿。聖女様を復権、復活させるために敵を欺いているのさ」

「つまり――ボクとキミは仲間になれるということさ」


呆然《ぼうぜん》とするヒッパーに、彼は語り続ける。


「いいかい？　何度でも言うよ」

「キミのお父上は間違ってない」

「間違っていたのは、世界のほうなんだ」

「だってそうだろう？」

「キミが大好きな、敬愛するお父上が、間違うはずがないじゃないか」

「今は誤解されてるお母様も、きっと、わかってくれる」

「そう、聖女様がいま受けている〝誤解〟さえ解くことができればね――」

これは洗脳の常套《じょうとう》手段である。

本人が信じたいと思っていることを、真実であると、もっともらしく提示してやるだけでよい。たとえ荒唐無稽な嘘であっても、否、荒唐無稽であればあるほど、誰も信じないような嘘であればあるほど、むしろ効果があるのだ。なにしろ、本人が信じたがっているのだから。

父を愛するヒッパーの心を、利用したのである。

狡猾《こうかつ》なことに、その男は、でまかせの「解決策」をも提示した。

父は正しい、つまり聖女も正しい、だから、その正しさが認められれば、すべては解決される。

一見すると理屈の通った、しかしその実まったくのデタラメを、ヒッパーは信じ込まされてしまった。ずっと異国で、友達もおらず、母や妹とも引き離された十一歳の男の子に、その「甘い嘘」から逃れる術はなかったのである。

◆

ヒッパーは学院から出て、帝都郊外にある森の中に入っていった。

アマゾネの森に比べれば小さな森だが、それでも、午後四時を過ぎれば木々に遮られ太陽は届かない。真っ暗な道を、それでも迷わず走り続け、辿《たど》り着いたのは古びた教会であった。

ヒッパーは夜な夜な、仕事で遅い父の目を盗んで、この教会に通い続けていた。

聖女様に祈りを捧《ささ》げる集会に参加して、ひたすらに、聖女復権、ゼノス教会復権を祈り続けていたのである。

もちろん、祈るばかりではない。

この教会の指導者である「あの人物」は、このように言っていた。

「近いうちに、我々は行動を起こす」

「聖女様を復活させる儀式を執り行うのだ」

「今は、秘密保持のために詳しいことは言えないが——時が来れば、頼むぞ、諸君！」

心強い言葉だった。

帝国に来てからずっと、暗い穴の中にいるようだったヒッパーの暮らしに、ついに「出口」が示されたのだ。光に包まれた明るい出口だ。「その人物」の言う通りにすれば、きっと、父と一緒に王国へ帰れるはずだ。母と妹と、庭園の植物たちが待つ、懐かしい我が家へ。

そのはずだった。

だけど、いま、ヒッパーの心は激しく揺らいでいる。

アルーシャ先生とカルルによって見せられた、「聖女の本性」によって、揺らいでいる。

本当に、聖女とは、あんなものなのか？

あんなブタの鳴き声みたいに笑う女が、聖女なのか？

——嘘だッッッ！

そんなはずはないんだ、そんなはずは、そんなはずは……。

「ベアード先生っ！」


叫びながら、ヒッパーは教会の扉をノックした。

「先生、いるんだろう？　開けてくれよ、先生っっ」

しばらくして、扉がゆっくりと、軋《きし》む音をたてながら開いた。

どこかのんきさの漂う大柄な男が、そこに立っていた。

「なんだい、ヒッパーくん。あんまり大きな声を出しちゃあ――」

ヒッパーは強引に扉の隙間に体を割り込ませ、中に入った。

「なあ先生、聖女様って、ブタ野郎なのか？」

「あぁ？」

「崇高で輝かしい、大神の寵愛《ちょうあい》を受けた人じゃないのか？　なのに、ブヒブヒって笑うのか？」

「――そんなことを、誰から？」

「いいから！　違うって言ってよ！　なあ先生！」

男は呆《あき》れたように肩をすくめた。

「当たり前じゃないかヒッパーくん。どこの誰がそんなデタラメを言ったかしらんが、だまされちゃあいけないよ。やつらは聖女様を貶めるためならどんな嘘だってつく。ライオネット皇子も、ヤヴンロック王子も、みんなうそつきさ。正しいのは、キミのお父さまのような、敬虔なゼノス教徒だけなのだよ。そうだろう?」

「──うん」

ヒッパーは鼻をすすった。

「父さまは正しい。正しいんだ。まちがってなんか、ないんだよね?」

「ああそうだとも」

クマのように大きな手がヒッパーの頭に置かれた。

「ところで先生、ここで何をしているの?」

「ああ。儀式の準備を進めていたんだよ。知ってるだろう? 毎月必ずボクが休みを取るのは」

「うん。だからここにいると思って」

いつも教徒たちが集まる教会の床に、大きな魔法陣が描かれていた。

椅子や机は片付けられ、代わりに、魔法陣の四方にろうそくがともされている。

「いったい、なんの儀式?」

「あー……」

男は頬をかきながら言いよどみ、

「まぁ、そろそろいいかな。準備もほぼ整ったし、絶好の機会みたいだから。これも聖女様の思《おぼ》し召《め》しってことで」

「絶好の機会?」

「うん。キミがひとりで来てくれるなんて、嬉しいよ。手間が省けた」

「手間？」

ヒッパーは首を傾げた。なんだか、いまいち話がかみあってない気がする。

「実はね、ボクは聖女様を復活させる儀式を進めているんだよ」

「復活？」

男は満足げに頷《うなず》いた。

「聖女様はね、美形が大好きだったんだ。しかも並大抵の美形じゃ満足されない。それこそ、ライオネット皇子のような絶世の美男子でなければね」

「……」

「だから、なかなか相応しい子がいなかったんだけど――ヒッパーくん。キミなら、聖女様も満足されると思うんだ」

「満足って、何が？」

「決まってるじゃないか」

男は笑った。

「聖女様復活に捧げる、生《い》け贄《にえ》だよ」

ヒッパーの行きそうなところで心当たりといえば、やはり、あの教会しかないとアルフィーナは思った。

帝都の西側、各国の大使館が集まる通称「異国街」と呼ばれる地域に、その教会はあった。ヒイロの調べでわかったのだが、皇帝陛下により閉鎖命令がくだる前からすでに使われていなかったのだという。そんなところに夜な夜な集まって祈りを捧げていたのだ。

クマさんこと、ベアード・マクガイヤーがこの事件の黒幕であるのは間違いない。

一刻も早く彼がゼノス教残党である証拠を摑《つか》み、当局に引き渡す必要がある。そのために、いま、ヒイロに駆け回ってもらっているのだが、もしかしたら、事態はもっと緊急を要する段階に入っているかもしれない。

クマさんが今日、休暇を取っているというのが気にかかる。

彼はアルフィーナと同じく学院の職員寮に住んでいるが、今朝一番にどこかへ出かけたらしい。休暇の日は必ずそうなのだと、寮長が教えてくれた。

もしかして、今、彼は教会にいるのではないか?

聖女の「真実」を知り、動揺したヒッパーが、クマさんに会うため教会へと向かうことは十分に考えられる。

嫌な予感がする。

◆

邪教徒と化したクマさんは、なんのためにヒッパーを仲間に引き入れたのか？　単に教徒を増やしたかったというだけのことかもしれないが、どうしても、嫌な予感が拭えないのだ。

アルフィーナは学院の厩舎《きゅうしゃ》に行って、早馬を一頭借りることにした。

「ベロア先生に緊急のお使いを頼まれまして！」

係員に言ったのは、もちろんでまかせである。

一頭購入しようと思ったらアルフィーナの教員としての給料三年分くらい余裕でかかる早馬を無断借用するのだから、バレたら懲戒免職《クビ》は免れない。だが、ヒッパーを救うのが教師として最後の仕事だと、もう決めている。

手綱を握り、鞭《むち》を入れ、さらに「駿馬《しゅんめ》」の魔法まで馬にかけて、異国街への道のりを飛ばす。これなら「駿足《しゅんそく》」の魔法を使うよりも速い。乗馬は得意なほうだ。38回目の人生《ループ》の際、軍用馬を奪って逃げようとしたのはいいが振り落とされて死んじゃったのが悔しくて、後の人生では熱心に訓練したのである。

このペースなら十分もかからず教会へ着ける――そう思いながら鞭を入れていた、その時である。

『アルフィーナ様、聞こえますか⁉』

ヒイロの「心の声」が頭の中に響いた。

通話魔法だ。

いざという時に連絡が取れるよう、新しく開発中の魔法である。他の魔力の干渉があるとすぐに不通となる欠点があるが、今はうまく発動してくれているようだ。

ヒイロにしては珍しく焦ったような声であり、思わずアルフィーナは馬の速度を落とした。

『どうしたの？　まさかヒッパーくんに何かあったの⁉』

『いいえ、彼のことではありません』

ヒイロは一度息を吸い込むと、その報《しら》せを告げた。

『カルル様が、まだお屋敷に戻られてないのです』

アルフィーナは息を呑《の》んだ。

『もう授業が終わってから二時間以上たってるわよ？　あの子、寄り道するような子じゃないのに』

『先ほど、公爵家の家令殿があわてて街を探し回ってるのを見かけました。今日は東洋語の家庭教師が来る日なのに、まだ帰ってこられてないと――』

カルルは姉と違って、勉強をサボるようなことはしない。どこかで遊び回ってるうちに時間を忘れて——なんてことは、カルルに限ってはないのだ。

ヒッパーとの一件が何かしら関係してるに違いない。

『まさかあの子、自分でもヒッパーくんを探しに行ったんじゃないでしょうね』

『畏れながら、考えられる事態かと』

危険である。

もしカルルもあの教会へと向かったのだとしたら、アルフィーナがベロアに叱られているうちに、もう辿り着いている可能性がある。

いくらカルルが魔法の天才とはいえ、ベアードは何をしてくるかわからない。

『かくなるうえは、一刻も早くヒッパー様を押さえなければ！』

『わかったわ！』

通話魔法を打ち切り、アルフィーナは馬に鞭を入れた。

一陣の風のように街道を抜けて異国街へと入り、各国の大使館に駐在する兵士たちが目を丸くするのをよそに駆け抜けて——東側の深い森へと分け入った。ここからはもう、馬は使えない。適当な場所に馬を留めて、自らの足で駆けだした。

五分も走らないうちに、見覚えのある古びた教会が見えてきた。
あの記録魔法で見た教会だ。
どうやって忍び込もうかとちらりと考えたが、もう、面倒くさくなった。もはや一刻の猶予もない。
もし自分の想像通り、ヒッパーとベアードがここにいて、さらにカルルもいるかもしれないとなれば、取り繕ってる場合ではない。相手は狂信者、交渉の余地などあるまい。

──忍び込むより、殴り込むっ！

アルフィーナは真っ正面から古びた扉を蹴破り、教会内部へ突入した。

「カルル！　ヒッパーくん！　無事⁉」

大声を響かせたが、答えるものは誰もいなかった。
だだっ広い礼拝堂にはネズミ一匹の姿もなく、ただ、床に不気味に描かれた魔法陣だけが残されていた。燭台《しょくだい》にはろうそくの燃えかすがある。この様子だと、そんなに時間はたってないだろう。

ひと足、遅かった。

まさか二人はもう、どこかへ連れ去られてしまったのだろうか？

◆

――オレが、馬鹿だった。


ヒッパーは自分の愚かさを呪ったが、すべては後の祭りだった。

教会がある位置からさらに森の奥深く、かつて氷の竜が棲《す》んだと言われる「氷竜山」のふもとの鉱山跡まで彼は連れて来られていた。

古竜の住処《すみか》の近くだけあって、この土地には魔力が満ちている。十年以上前は魔法石の採掘場として有名だったが、今はもうほとんど採り尽くされて、錆《さ》びたツルハシやバケツなんかがそこかしこに打ち捨てられている。

寂しい場所だ。

ヘヴンローズから追い出され、ライオーン帝国でひとりぼっちの自分にはお似合いの場所だと、ヒッパーは自嘲した。

その恩師は――。


「光栄に思いたまえよ、ヒッパー君！」

クマのように大柄な肉体を、真っ黒なローブに包んでいる。

同じような格好をしたゼノス教徒たち十名が、彼に付き従っていた。皆、一様に目が虚ろだった。死んだ魚のような目だ。自分もあんな目をしているのだろうかと、ヒッパーは思った。

「聖女様復活の生け贄となれるなんて、本当に素晴らしいことなのだから。ああ、教え子にそんな栄誉を与えられるなんて、教師をやってて良かったぁ～！　最高～！」

聖女が伝染《うつ》ったのか、ベアードは「ブッヒッヒ！」とか笑いながら、ヒッパーを巨大な十字架に磔《はりつけ》にした。

両手、両足を固い縄で縛られて、身動きできない。

だが、仮に縄がゆるかったとしても、今のヒッパーに抵抗する気力などなかった。もう何もかもどうでもいいやという気分になっている。「早く楽になりたい」子供らしくない諦観が、恩師に裏切られた彼の体を重くしていた。

「なあ、先生」

「なんだい？」

「オレが死んだら、聖女様がよみがえるんだろ。そしたら、ゼノス教会が復活して、お父様も王国に戻れるんだよな？　家に帰れるんだよな？」

ベアードは大きく唸《うな》って腕組みをした。

「それは、難しいかもしれないねえ」

「……え」

「聖女様が復活された暁には、このライオーン帝国はもちろん、ヘヴンローズ王国も滅ぼしてしまわれるだろう。畏れ多くも大神ゼノスの遣いである聖女様を害したこの両国は、もはや地上に存在してはいけないとお考えになるだろうからね」

「ど、どういうことだよ」

ベアードはまたブッヒッヒと笑った。

「もはやキミたち親子に帰るべき家などないということだよ。キミの家も、母上や妹もみーんなまとめてポーイだよ！」

ヒッパーは奥歯を噛《か》みしめた。

激しい感情がどこからかわき上がり、屍《しかばね》のようだったヒッパーの両手両足に力を与えた。

「つざけんじゃねえぞ!!　このクマ野郎!!　お母様やユリアに手を出したらただじゃおかねえからなぁ!!」

「おお、怖い」

ベアードはおどけたように笑い、右手に持ったナイフで教え子の頬をピタピタと叩《たた》いた。

左手には、黒々と輝く不気味な魔法石を持っている。

「おとなしくしてくれたまえよヒッパー君。ボクだって教え子の悲鳴なんて聞きたくない。その細い首をね、ちょこんとね、このナイフで突っついてね、新鮮な生き血をこの魔法石に吸わせてくれればいいんだから」

教徒たちが持った燭台のろうそくに火がともされていく。

夕闇に包まれていた鉱山がこの周囲だけ明るくなり、ヒッパーの怒りに染まった顔を照らし出す。

地面には、教会の床に描かれていたのと同じ、いや、それよりもさらに大きな魔法陣が描かれている。その中心に十字架が立てられ、ヒッパーが磔にされているのだった。

「それでは儀式を始めよう！」

ベアードの号令で、信徒たちは魔法陣にそってぐるぐるとヒッパーの周りを回り始めた。大神ゼノスと聖女を称える賛美歌を声高らかに歌っている。教会で聞くと荘厳な賛美歌も、こんな状況で聞かされれば不気味でしかない。まさにそれは、ヒッパーに捧げる葬送曲であった。

――ちくしょう！

渾身《こんしん》の怒りを込めてベアードをにらみつけた、その時である。

教会があった森の方角、木々の狭間《はざま》を縫うようにして、こちらへ近づいてくる人影にヒッパーは気づいた。

鬱蒼《うっそう》と茂る木々の隙間から、赤い髪が見える。

それは、ヒッパーのよく知る髪だった。

なにしろ、この数ヶ月間、その燃えるような赤を、自分は見つめ続けていたのだから。

その髪の持ち主の名は――。

「轟雷《ごうらい》」

ぼそっ、とつぶやくように放たれたのは、超級魔法であった。

燭台の光など打ち消してしまうような、真昼のようにまばゆい白い輝きが周囲を包んだ。

ほとばしった稲光がベアードの足下に炸裂《さくれつ》し、彼は「ウギャン！」という悲鳴とともに藁《わら》の屑《くず》のように吹き飛んだ。

焦げ臭い匂いと砂埃《すなぼこり》がまきあがる中、ヒッパーの十字架に駆け寄ってきたのは——。


「か、カルル⁉　どうしてここに⁉」


ヒッパーがずっと憎んできた、疎んじていた魔法の天才児である。

カルルは慣れない手つきでナイフを取り出すと、悪戦苦闘しつつもヒッパーを縛っていた縄を切ってくれた。

「たすけにきた」

「…………」

いつもと同じ無表情だが、その額には汗が浮かんでいた。白い小さな指には血が滲《にじ》んでいる。縄をほどく時にケガしたのだ。

「お前、あんなすごい魔法使うくせに、ナイフのあつかいは不器用だな」

こくん、とカルルは頷いた。

「きみは、とくい?」

「へ? ……まぁ、うん、お前よりは」

「じゃあ、こんど、おしえて?」

——こいつ、こんな時になに言ってんだ?

急におかしくなってヒッパーは笑い出した。いや、おかしいのは自分だ。こんな時に、笑うなんて。

しかも、相手は憎い憎いあのカルルだというのに、笑うだなんて。

きょとんとしているカルルに、ヒッパーは言った。

「ありがとな」

「……」

「でも、まだオレたち、助かってないみたいだ」

ベアードはどこかへ吹き飛んでしまったが、十人の教徒たちはまだ健在だった。

虚ろな目でヒッパーとカルルをにらみつけて、じりじりと、こちらに近づいてくる。青白い薄い唇からは、魔法の詠唱が低く漏れ出していた。

ヒッパーは地面に落ちていた棒きれを拾い上げた。先端が折れたツルハシかスコップの柄だったようで、ずっしりと重い。木剣代わりにはなりそうだった。

「オレがあいつらを近づけさせないから、お前はそのあいだに魔法で攻撃しろ」

「わかった。……でも」

「なんだよ?」

「きみが魔法のまきぞえにならない？」

ヒッパーは笑って首を振った。

「お前の魔法の発動タイミングくらい、わかるよ。だから避けられる。たぶんな」

お前のこと、ずっと見てたんだから——とは、意地でも言えないヒッパーである。

「じゃあ、いくぞ！」

昔、父親に習った剣術を思い出しながら棒きれを上段に構えて、先頭にいた教徒の右肩めがけて振り下ろした。確かな手応えがあり、教徒は苦悶《くもん》の声をあげてうずくまった。他の教徒たちがひるみ、足が止まり、詠唱が乱れる。

「まだまだ、いくぞっ！」

棒きれを振るいながら、魔法より剣術のほうが好きだった子供時代のことをヒッパーは思い出していた。父が魔法を重視するゼノス教会に染まってしまったため、魔法習得に力を入れて剣術はおろそかになっていたが、もともと、自分は体を動かすことのほうが好きだった。もう、長いこと忘れていた感情、体を思いっきり動かす気持ちよさに、ヒッパーは浸った。

もし、この場にヤヴンロック王子がいたなら、その奔放で大胆な剣術を賞賛しただろう。「王国の騎士団に欲しいな」とまで言ったかもしれない。女性には湯水のように軽口を叩く「黒薔薇《くろばら》の君」は、男を滅多に褒めないことで有名である。それほど、彼の剣術には見るべきものがあった。

しかしヒッパーの取り柄は、剣術だけではない。

――いまだ！

後方でふくれあがるカルルの魔力の気配を敏感に感じ取り、ヒッパーはとっさに右横へと転がった。

ほんの一秒前までヒッパーがいた空間を、凍えるような冷たい風が削り取っていく。ヒッパーに突撃しようとしていた信徒たちはそれを避けることができず、正面から喰《く》らって氷漬けになりながらまとめて吹き飛んだ。

「氷の中級魔法かよ。手加減しやがったな」

そんな悪態をつきながらも、ヒッパーはカルルの魔法コントロール力に舌を巻いていた。味方を巻き込まず、敵だけをまとめて倒すなんて。まったく天才ってやつは憎たらしいぜ。そんな風に笑った。

もしこの場にライオネット皇子がいたなら、カルルの魔法を褒めつつ、その発動タイミングを感じ取りしっかりと避けたヒッパーの機転をも称えたであろう。「前衛と後衛の連携とは、かくありたいものだ」。一級の冒険者、竜殺しとして名を馳《は》せる帝国の英雄をして、そう言わしめたに違いなかった。

それほど、ヒッパーとカルルのコンビは息が合っていたのである。

「やったな！」

「……」

カルルと手を叩き合わせてから、ふっとヒッパーは我に返った。

「べ、別にお前と友達になったわけじゃないからな！　あくまでキンキューのソチだからな！」

「…………」

赤く染まるヒッパーの顔と、あいかわらず無表情なカルル。

対照的な二人であった。

「それにしてもお前、どうしてここがわかったんだ？」

「きみの魔力の気配をたどってきた」

「気配を？　そんなん、ふつーできるかよ」

「たぶんアルーシャ先生も、きみをさがしてる」

ヒッパーは頭をかいた。

「あの先生、ただ者じゃねえよな。あんな記録魔法？　とか、聞いたことねえし。お前よりすごいんじゃねえの？」

カルルは勢いよくコクコクコクッと頷いた。

「は、あの先生を褒められるとずいぶんうれしそうだな」

「うん」

「いったい、あの先生、お前のなんなんだ？　何か関係あるんじゃねーの？」

「……それは」

カルルが口を開きかけた、その時である。

突然、背中で何かが爆発した。

真っ赤な火の粉がいくつも飛んで、カルルがヒッパーのほうへ倒れ込んできた。

「おいカルル⁉」

ヒッパーが抱きとめると、カルルの苦しげなうめき声が聞こえてきた。焦げ臭い匂いがする。その赤い髪に火の粉がついていたので、ヒッパーはあわてて払った。

火炎魔法による攻撃だった。


「いやあ。あはは。やっぱりカルルくんの魔法はすごいもんだなあ」


声のほうを見ると、さっきやっつけたはずのベアードが煙の中から立ち上がるところだった。

「ヒッパーくんも、見事な剣術だったよ。教え子二人がこんなに強いなんて、担任として鼻が高いよ。結構結構！」

「てめえ、まだ動けるのか⁉」

「先生はね、頑丈なんだ。それだけが取り柄でねえ。こう見えても、若い頃はA級パーティーのタンク役を務めていたんだよ」

飄々《ひょうひょう》としてベアードは言い放った。カルルの超級魔法を喰らったはずなのに、ピンピンしている。ありえないタフさだった。

「カルルくんまで来てくれるとは、嬉しいねえ。生け贄が二人に増えたよ！　やったね聖女様‼

ボクもハッピー！　みんなハッピー！」

ぱちぱちぱち、と拍手するベアードの顔からは理性が消し飛んでいた。もはや正常な精神状態ではない。聖女の狂信者と化している。自分や父も、いつかああなってしまっていたんじゃないかと、ヒッパーは戦慄した。

カルルはヒッパーの腕の中で気絶したままだった。とっさに魔法防御のバリアは張っていたようで、致命傷ではないものの、すぐには目を覚ましそうにはない。

「ま、待ってくれ先生！」

「うん？」

「カルルだけは、み、見逃してやってくれ……。こいつはオレを助けに来てくれただけで、ゼノス教会とはなんの関係もないだろ？　オレが生け贄になるから。な？」

ベアードは目頭を押さえる仕草をした。

「すばらしい！　いやー、すばらしい友情だ‼　先生、思わずジーンときちゃったよ。『尊い』っていうのはこういうことを言うんだね！　生徒である君たちに教えられたよ！　すばらしい！」

ばんざい、ばんざい、とベアードは空に向かって叫び、満面の笑みをヒッパーに向けた。

「こんな二人を、離ればなれにしていいわけがない！　仲良く天界に送ってあげなきゃ！」

「てめえっ！」

ベアードは腰に差していた大きなナイフを右手で抜き放ち、左手をヒッパーのほうへと伸ばそうとした。

――もう、だめだ。
それでも、カルルだけは守ろうと、背中にかばおうとしたその時だった。

「そこまでよ、クマさん!!」

その声は、頭上から降ってきた。
見上げれば、うずたかく砂利が積み上げられた山の上に、赤い髪の女性が立っている。
見覚えのある髪だった。
そう、ついさっき噂していたアルーシャ先生!

「このアルフィーナ・シン・シルヴァーナの目が黒いうちは、ブタ聖女の復活なんかさせやしないわ!!」

――と。
カッコよさげなポーズとともに凛々《りり》しく言い放った彼女は、直後、何かに気づいたようにはたと動きを止め、それから頭を抱えた。

「あ゛ー!!　しまった!　本名言っちゃった!!」

もぬけの殻だった教会で途方に暮れていたアルフィーナが、この廃鉱山で起きていることに気づけたのは、カルルが放った超級魔法のおかげであった。その稲光は数キロ離れた教会の窓にも届いて、弟がいる場所を教えてくれたのだった。

◆

やって来てみれば、まさに間一髪――。

クマさんことベアードが、カルルとヒッパーに迫るちょうどそのタイミングだった。

気絶しているカルルを、ヒッパーは背中にかばっている。

弟を守ろうとしてくれているその姿に、アルフィーナの胸は熱くなった。

だから勢い込んで、ちょっとカッコまでつけて叫んだわけだが――つい、本名を名乗ってしまった。

すでに死んだことになっている「至高なる真紅《グレーテスト・ヴァーミリア》」とやらの名前を。


「あー……」


自分の間抜けさをほんの一秒だけ悔やんでから、アルフィーナは切り替えることにした。

「ま、いいや！　これが最後の仕事だし！」

というわけで、認識阻害魔法・解除！

もはや取り繕う必要もないのだし、最後に思いっきり暴れてやろうと思う。

ぽかんとしていたベアードの顔に、驚きが広がっていった。

「アルーシャ先生が、アルフィーナ⁉　い、いや、死んだはずでは？」

「そんなことはどうでもいいから、二人から離れなさい！」

人差し指をベアードに向けて、短く呪文を唱える。

「雷迅！」

指先から稲妻がほとばしった。

一条の光がベアードの右手に命中し、持っていたナイフを弾き飛ばした。

だが、ベアードはひるまなかった。血走った目でアルフィーナをにらみつけると、しゃがみこむような低い体勢を取ってアルフィーナめがけて突撃してきた。体格差にモノを言わせて、格闘戦に持ち込む腹づもりのようだ。魔法では勝てないけど、取っ組み合いなら負けない。そう思ったのだろう。

アルフィーナの思うツボである。

子供の頃から、男の子に交じって取っ組み合うこと幾千回。

魔法戦より、格闘戦の場数のほうが断然多いのが、おてんば公爵令嬢だ。

突っ込んできたベアードの右頬に、アルフィーナは思い切り平手打ちを喰らわせた。「ッシャア⁉」ベアードの首がかしぐほどの勢いだった。左頬にもお見舞いする。「ッシャ⁉」さらにまた右頬「ッシャヤヤ⁉」。

「聖女デボネアにもお見舞いしてあげた往復ビンタよ。尊い聖女様と同じ目に遭えて、嬉しいでしょう？」

「な、なんだとぅ？」

「先生のくせに生徒に手をあげるなんて、恥を知りなさい。あなたが何を崇めようと勝手だけれど、大人が子供を犠牲にしていいなんてことにはならない」

「黙れ！　聖女様の仇《かたき》ィ！」

怨嗟《えんさ》のこもった叫び声をベアードはあげた。のんきな態度は仮の姿で、こちらが彼の本性か。

「聖女様は素晴らしいんだ！　腐りきったこの地上を浄化してくれるお方なんだ！　子供のひとりやふたりの犠牲がなんだというんだ⁉」

「腐りきってるのはあなたよ。地上を浄化する前に、自分の心を掃除しなさい」

あの聖女にして、この信者ありだ。

もう終わりにしよう。

「ヒッパーくん！」

ただ名前を呼んだだけで、彼はアルフィーナの言わんとするところを理解した。カルルを背中にかつぎあげ、少しよろめきながらも離れていく。勘の良い子だ。

短く息を吸い込んで、右手に全身の魔力を集める。

握り拳がまばゆい輝きに包まれて、みるみる固くなっていく。鋼を超えて、あらゆる鉱物の頂点であるダイヤモンドへと限りなく近づいていく。

付与魔法の一種である『硬化』である。

普通は武器や防具を強化するのに付与魔法師が使う魔法なのだが、アルフィーナ・オリジナルは自らの肉体を強化する。女性の柔《やわ》い拳でも、歴戦の闘士顔負けの巌《いわお》のような拳へと変化させるのだ。

この魔法を編み出した時、ヒイロは言ったものだ。

『ダイヤの指輪を欲しがる女性はこの世に数多存在するでしょうが、ダイヤの拳を生み出そうとする令嬢は世界広しといえどアルフィーナ様だけでしょうね』

『それ、褒めてるの？』

ヒイロは微笑《ほほえ》んだものである。

『そんなアルフィーナ様だからこそ、私はお仕えするのです』


「鉄拳制裁――もとい、ダイヤ拳制裁っっ！」


突風を巻き起こすほどの拳が、ベアードの腹に炸裂した。

クマのような巨体が、きりもみ回転しながら宙を舞う。

そのまま墜落し、地面にめり込むように倒れたまま、動かなくなった。

ここに来る前、ヒイロに頼んで異国街に駐留する衛兵を呼んである。後は彼らに任せ、帝国の法律で裁いてもらおう。

それにしても――。

「助かったわ。ありがとう、ヒッパーくん。あなたは弟の恩人よ」

もしヒッパーがカルルを連れて逃げてくれてなかったら、巻き込んでしまうところだった。

「別に、いいけどさ」

カルルを背負ったまま、ヒッパーは視線を斜めに傾けた。

「アル先生、本当にアルフィーナなのか？　斬首刑にされたのに、なんで生きてんだよ」

「話すと長いからパス！」

「パスって……」

「いいじゃない。若者が過去なんか振り返っちゃいけないわよ？」

「先生だって若いじゃないか」

「へへ～、まあね！」

ニカッと白い歯を見せると、彼もつられたように笑った。

その時、カルルが目を覚ました。

目をとろんと開けて、姉の顔をまじまじと見つめる。

「ねえさま……？」

「良かった。気づいたのね！　どこも痛いところはない？」

「目が覚めたんなら、降りろよな。重いんだから」

地面に足をつけたカルルは、姉と抱擁をかわした後、ヒッパーに向き直った。

「ありがとう。たすけてくれて」

「お前が助けてくれたから……借りを返しただけだよ」

やっぱり、ヒッパーは視線を斜めに傾けている。

もっと素直になればいいのに、なんて言いたくなるけれど――もう、自分が余計な口を挟む必要はないとアルフィーナは思う。

教師が、大人が、何も言わなくても。

二人はもう、友達である――。

◆

翌日、初等学院は大騒ぎになった。

五年一組の担任・ベアードが「ゼノス教の狂信者」として当局に逮捕されたという報せが入り、しかも教え子を聖女復活の生け贄に捧げようとしたという事情まで伝わると、ベロアは職員室で卒倒した。伝えたアルフィーナのほうもビックリして、「今月いっぱいで辞めます」なんて言い出しづらくなってしまった。

ベロアは保健室のベッドでこう嘆いた。

「教師が、生徒を生け贄にしようとしたなんて、あってはならない不祥事です!」

「ああなんということでしょう！　せっかくモデル校に指定されたというのに！」

「来年の入学者数が！　父兄からの寄付金が！　帝国からの援助がー!!」


ベロア先生、けっこう、がめつかったのね……。

しかし、軽蔑する気にはなれなかった。ベロアが教育熱心なのは学生のころから知っている。寄付金や援助にこだわるのだって、私腹を肥やすのではなくあくまで学院の教育充実のためだとわかっている。そこが、ベアードのような外道との違いだった。

アルフィーナはベアードの代理でクラス担任となり、事態の収拾に追われた。

幸いにして、ベロアが心配したような事態は起きなかった。

いち教師の不祥事なんかより、二人の小さな英雄のほうを、新聞が取り上げたからである。


『帝国と王国の友情が、聖女の〝亡霊〟を打ち破る大手柄！』

『至高なる真紅《グレーテスト・ヴァーミリア》の弟君、大手柄！　アシストは王国人の親友！』


こんな感じの見出しが帝国の新聞を賑《にぎ》わせた。「王国でもかなり評判になってるらしくって、母様から取材の対応に追われて大変だって手紙が来たよ」なんて、ヒッパーが照れくさそうに言っていたのが、アルフィーナには喜ばしい。この家族の仲が修復することを切に願う。

学院にも、カルルとヒッパーのことを取材させて欲しいという新聞記者がひっきりなしに押し寄せて、アルフィーナは対応に追われた。

これをうまく捌《さば》いてくれたのは、キスリングであった。取材の窓口を設置して対応し、何度追い返してもやってくる記者には罰則を科して新聞社を締め付けた。このあたりの事務的手腕はやはりさすがのひとことで、メガネが光るのは伊達《だて》ではないことをひさしぶりに証明したのだった。

そんなこんなでようやく事態も落ち着き、五年一組担任の後任も決まり、「アルーシャ先生」としての生活は終わりを告げて——。


「これまでお世話になりました！」

教室で頭を下げると、生徒たちから拍手が巻き起こった。


「アル先生、ありがとう！」

「このまま、いてくれたら良かったのに」

「そうだよ、アル先生がこのまま担任になってくれたら最高だったのに」


なんて、嬉しいことを言ってくれて。

アルフィーナはにっこり笑って言った。

「あたしはあたしで、これからの人生を一生懸命生きていきます。みなさんも、他人の価値観にとらわれることなく、自分自身の人生を生きてください！」

再び拍手が起きた。

みんな、「アルーシャ先生の言葉」として、受け取ってくれている。

巷《ちまた》で英雄だの偉人だの言われてる人間の言葉であると知ったなら、この反応は変わるだろうか。

変わらないと思いたいアルフィーナであった。

教室を出る時、カルルと目が合った。

そっと親指を立てると、カルルも無表情のまま、親指を立ててくれた。きっとカルルは、ここで逞《たくま》しく育っていくだろう。一年後に再び会うのが楽しみだ。

次に、ヒッパーとも目が合った。

親指を立てると、ヒッパーは恥ずかしそうにまつげを伏せながらも、ひそかに、小さく、親指を立ててくれた。まったく、微笑ましい子だ。彼と弟との友情が末永く続いてくれることをアルフィーナは祈った。

「それじゃあみんな、いつか、また！」

爽やかに去って行く赤い髪の女性教師のことを、生徒はいつか思い出すだろうか。

◆

職員寮の部屋からすべての荷物を運び出して、後は鞄《かばん》ひとつ身ひとつ。

最後にもう一度お父様お母様に挨拶しておくべきかしら、ううん別にいいわよね皇子に見つかったらやばいし――なんて思いながら門を出たアルフィーナの前に、馬車が一台停車した。

帝国の紋章が、ドアのところにつけられている。

嫌な予感がして、足早に歩き去ろうとした時、ドアが開いた。

そこから降りてきたのは、金色の髪をなびかせた絶世の美形、ライオネット・ライオーン。


「どこへ行くのだ、アルフィーナ」


ひゃあ、と思わず声が出そうになった。

ぎこちなく振り返り、にっこりと笑い返す。

「あの、殿下。なんのことでしょう？　あたくしはアルーシャですが？」

「もういいんだ」

皇子は首を振り、アルフィーナの肩に手を置いた。

――うそっ⁉　認識阻害魔法が効いてない⁉

驚愕《きょうがく》を押し隠そうと必死なアルフィーナの瞳を、皇子はじっと覗《のぞ》き込んだ。

「ああ、なぜ俺はすぐに気づかなかったんだ。君がアルフィーナだということに」

「い、いえ、ですから、アルーシャです」

「もう良いのだ、アル。ベアードからキスリングがすべてを聞き出している。廃鉱山に残っていた魔力の痕跡からも、君と同じ反応が出ていた。……もう良いのだ。隠さなくても」

あっ、と思わず声が出た。

——そうだわっ、クマさんがしゃべったら、おしまいなんだった！

ヒッパーには口止めしたのに、そのことをすっかり失念していたのである。

それだけの証拠と材料がそろってしまえば、バレないはずがない。

認識阻害魔法は完璧ではないのだ。

アルフィーナとアルーシャをいったん結びつけられてしまえば、もう、新たに魔法をかけ直したところで無意味だった。


「さあ、ともに城へ行こう。そして、これからのことをゆっくり話し合おうじゃないか」


己のマヌケさを呪うアルフィーナの肩を抱き、皇子は馬車へと連れて行く。

耳元で皇子が囁《ささや》いたのは、帝国じゅうの女性が望んでやまない愛の言葉。

そして、アルフィーナが絶対に聞きたくない、呪いの言葉であった。

「もう、永遠に離さないぞ。アルフィーナ」

5章

豪華な部屋だった。

そして、あまりに広い部屋だった。

どれくらい広いかというと――ドアまで徒歩一分。

今、アルフィーナの座っているソファからドアまで、歩いて一分くらいかかるんじゃないかという広さである。なんならこの部屋を一周するだけでいい汗をかけそうだけれど、別にアルフィーナの健康に配慮してこの広さなわけではない。

（俺のアルにふさわしい部屋を、わざわざ作らせていたのだ！　この日のために！）

ライオネット皇子の心の声は、そのように叫んでいる。

が、アルフィーナに言わせれば「部屋じゃなくて牢獄《ろうごく》でしょ？」という感じであり、実際、窓の外ドアの外にはそれぞれ二人の近衛兵が配置されていて、内部も常に「アルフィーナ様の忠実なメイド」という名の番人たちが目を光らせている。

「あのですねえ、殿下?」

「なんだ、アル」

向かい側に座るライオネット・ライオーンの声はあいかわらずぶっきらぼうで、素っ気ない。

だが、心の声はといえば、

(ああ、俺のアルが目の前にいる! ずっと探し続けていたアルが!)

(いいかライオネット、うまくやるのだぞ。軽妙なトークで、今度こそアルの心をつかむのだ!)


「け、軽妙なトーク……?」

「何か言ったか?」

「いいえ、別に何でも」

咳《せき》払いしてから、アルフィーナは皇子に言った。

「ライオ殿下。この一年、身を隠していたことは謝罪いたします。不義理であったことは認めます。しかし、この現状を見れば、あたしの判断は間違っていなかったと言わざるをえないでしょう」

「どういう意味だ?」

「だってそうでしょう? こんな軟禁みたいなことをされたらたまりません。なんなんですか、あの窓にスライムのようにへばりついている兵士の皆さんは!」

アルフィーナの大声は外にいる兵士たちにも届いたはずだ。だが、職務に忠実な彼らは室内を振り返ろうとせず、じっと庭園に警戒の視線を向けていた。

「お前の安全を思ってのことだ、アル」

皇子が膝を詰めてきた。

「今や救国の英雄となった『至高なる真紅《グレーテスト・ヴァーミリア》』の身に何かあれば、帝国の威信にかかわる」

「では、このメイドの数はなんなんですか？」

「む。少なかったか？」

「多すぎます！　なぜあたしひとりに三十人もいるのですか！　副担任をしていた五年一組の人数より多いです！　名前も覚えきれないわっ！」

すまし顔で隣に立っているメイド長を、アルフィーナはジロリと睨《にら》んだ。五十がらみの長身の女性であり、軍の特殊部隊にいたという。メイド服越しにも隠せない鍛え上げた肉体と、凍《い》てつくようなそのまなざし、足音を立てないその独特の歩き方は、どう考えてもメイドのそれではない。こんな人殺してそうなメイドは嫌だ。

「お前を警護するためだ」

「警護？　監視の間違いでは？」

「皇帝陛下からも厳に命じられているのだ。理解してくれ」

その形の良い唇を引き結び、皇子はうつむいた。メイドたちが声にならないため息をつく。これだけの美形が憂いを帯びた顔をみせると、普通の女性ならばため息の一つもつこうというもの。

メイドたちから、心の声が聞こえる。

(ライオネット殿下、神々しいお美しさだわ)

(しかも次代の皇帝、列強諸国に名前を轟《とどろ》かせる英雄でいらっしゃる)

(こんな男性に一途に想われて、アルフィーナ様は幸せ者ね)

(ああ、まさに女性として最大の幸福！　うらやましぃ〜！)


——などと、勝手なことを言ってくれている。

アルフィーナとしては、殿下の顔なんてもう100回の人生で見飽きている。

とびきり美味《おい》しいチーズパイだとしても、100日食べ続ければ飽きる。

100年食べ続けねばならないとしたら、それはもはや「拷問」であろう——。

自分の感じている窮屈さをどう表現したものかと思案していると、徒歩一分のドアがゆっくりと開いた。ぞろぞろと親衛隊を引き連れて入室してきたのは、ライオーン帝国皇帝・タイガ四世である。

皇子とメイドたちが一斉に跪《ひざまず》く。

アルフィーナもソファから立ち上がって跪こうとした矢先、皇帝陛下が小走りに近づいてきた。

徒歩一分のところを三十秒。齢七十近いはずだが、無駄に健脚である。

「アルフィーナ嬢！　よい！　そのまま！　そのまま！」

「は、はあ?」

厳格なことで有名な皇帝は、アルフィーナの足下に跪いた。

「ちょっ、陛下おやめください！　そんなことをなさっては――」

「すまなかった！　本当にすまなかった！　愚かな余を許してくれ!!」

アルフィーナの手を握る皇帝の目には、涙が浮かんでいる。

「聖女の虚言《そらごと》を信じて、そなたの言うことを信じなかった。余が不明であった！　愚かであった！」

「イエ、それは聖女の魔法に操られていたわけで……」

「だとしても許されることではないっ！」

と、暑苦しく食い下がってくる皇帝陛下の心に耳をすませてみると――。


（たとえ何千語、何万語尽くしても足りぬ！）

（無実の罪で死刑にするなど、あってはならぬこと）

（しかも相手は余の義理の娘となるはずであった、ライオネットの許嫁《いいなずけ》であるぞ!!）

（いったいどのようにして償えばいいのか……）


償うというならまずこの手を離して欲しいですと言いたいアルフィーナだが、おそらく叶《かな》えられないだろう。

「アルフィーナ嬢。余は今日という日を『アルフィーナ帰還記念日』と定め、帝国の祝日にしようと思う」

「お願いですからやめてください」

「なんと奥ゆかしい！　奥ゆかしい記念日も付け加えよう！」

駄目だこりゃ。

皇帝陛下は立ち上がると、平伏している下々を見回して言った。

「余はここに宣言する！　アルフィーナ・シン・シルヴァーナに対して、ライオーン十字章を与えることを！」

広大な部屋がどよめきで満たされた。

ライオーン十字章とは、戦場以外で国家に著しい功績を残した者が受ける勲章である。非軍人が受ける勲章としては最高のもので、具体的にいうと歴史の教科書に名前が載る。確か前にこの勲章を受けたのは、二百年前に運河を造ったナントカいう公爵で、この勲章を受けると同時に男爵から一気に公爵へと陞爵《しょうしゃく》した。つまり、アルフィーナは二百年ぶりに出現した大偉人ということになってしまったわけである。運河も掘ってないのに。

名誉という名の不幸は、さらに加速する。

「さらに！　以前破棄されたライオネットとの婚約を復活させ、一ヶ月後に国を挙げて盛大な結婚式を執り行うものとする！」

「……!!」

恐れていた事態が、案の定、皇帝の口からもたらされてしまった。

こうなることが予想できたから、今まで逃げ回っていたのだ。

「婚約……アルと……こんにゃくぅ……」

「殿下⁉　しっかりなさってください殿下！」

いつも凛々《りり》しい金色の宝剣が、真っ赤なゆでだこになってふにゃふにゃになってしまった。誰よ、冷血殿下をこんな風にしてしまったのは。あたしか。

「お待ちください陛下。あたしはすでに婚約破棄された身ですよ？　それを復活させるだなんて聞いたことがありません」

「余の名において執り行う。何人《なんぴと》にも異議は差し挟ませない――否、余の言葉などなくとも、国民すべてが賛同することは疑いない！　そうであろう？」

メイドや近衛兵たちが一斉に頷《うなず》いた。

頷いていないのは、ふにゃふにゃのゼリーになってる皇子と、こんな時でも雰囲気に流されず周囲に目配りしている殺人メイド長だけである。前者も後者もそれぞれ別の意味で怖い。

「はは、あははははは……」

途方に暮れたアルフィーナは、ただ笑うことしかできないのだった。

◆

そんなわけで――。

一ヶ月後の結婚式まで、アルフィーナはこの部屋での軟禁生活を強いられることとなった。

これでは、斬首刑を待つあいだ塔の部屋に幽閉されていた前世と、なんの変わりもない。

一日二回、庭の散歩だけ許されているが、その時も厳重に見張られていて逃げ出すスキはありそうもない。魔法の触媒になりそうなものはあらかじめ部屋から取り除かれており、そちらのセンも諦めなくてはならないようだった。

――この厳重な警備って、つまり、あたしがそれだけ信頼されてないってことなのよねえ。

裏を返せば「見張ってないと絶対逃げ出すだろコイツ」と国から思われているという証明であった。

ぶっちゃけそれは事実なので、アルフィーナとしては反論できないところである。

しかし、あまりといえばあまりな仕打ち。

アルフィーナは憤慨し、様々な訴えを行った。

「ああ、いいでしょう。もう結婚はいいですよ。ハイ。もともとあたしは殿下の婚約者ですし？一度は受け入れた運命です。納得しますよ」

無論1ミリも納得してないしあきらめてもいないのだが、とりあえずそんな風に言ってみる。

「しかし一般論として、嫁ぐ日を間近に控えた花嫁が実家に帰れないなんてひどすぎはしませんか⁉　普通、花嫁は残り少ない家族との日々を大切に過ごすものでしょう！　これまで育ててくださったお父様お母様に最後の親孝行をする権利はあたしにだってあるはずじゃありませんか？　それを宮殿の一角に閉じ込めておくなんて！　殿下には血も涙もないのでしょうか？　冷血殿下と呼ばれてはいても本当は温かい血の通った方だと思っておりましたのにオーイオイ！」

最後には嘘《うそ》泣きまでしてみせたのだが、ライオネット皇子は事もなげに答えた。

「それなら心配はいらない。義父上《ちちうえ》となるシルヴァーナ公爵も、義母上《ははうえ》となるマリー夫人にも、許可は取ってある」

「……」

「お二人とも『どうぞどうぞ！　あんな娘でよければ！　ぜひ！』『どうにかして逃亡を試みると思いますので、お気を付け下さいませ！　なんなら鎖で縛っておきますか？』だそうだ」

「…………」

売ったわねお父様お母様⁉

実の娘を売り渡したわね⁉

と、心の叫びをあげるアルフィーナではあるが、今までの自分の行いを省みればむべなるかな。

しかたのないところではある。

◆

そんな感じで一週間経過──。

無駄にふっかふかのベッドの上で目覚めて、「今日はどうやって逃げ出そうかしら」なんて思案しながら朝の紅茶を飲んでいるところに、訪問者があった。

「アルフィーナ妃殿下。失礼いたします」

格式張った挨拶とともに入室してきたのは、クソメガネことキスリング・アシュレイであった。

「その呼び方は早いでしょキスリング。ていうか、同級生なんだし、普通に呼んで欲しいわね」

「そういうわけには参りません。殿下の腹心である僕にとって、その妃となられるあなたはもはや忠誠の対象。傅《かしず》かれることに慣れていただかないと」

なんてメガネをクイクイさせているが、心の声はこうである。

（いやっほぉぉぉぉぉぉぉぉぉぉぉぉぉぉぉぉぉう♪）

（これでアルフィーナ嬢にお仕えできるぅぅぅぅぅぅぅ♪）

（四六時中のべつまくなし！　のべつまくなし！　のべつまくなし！）

こいつ、会うたびにウザさがパワーアップしていくわね……。

代々学者を輩出する名門伯爵家に生まれたエリートであり、そのぶん逆境に弱かったおカタい優等生キスリング・アシュレイ。

貴族にありがちなお坊ちゃん――という印象を学生時代からずっと持っていたのだが、今世では意外すぎる一面を見ることになった。

まさか、伯爵家を捨ててテロリストとなり、ゼノス教会と戦っていたとは。

しかも、それが「アルフィーナ嬢のため」というのだから、もう……。

――だったらもう少し、学生時代にしおらしくしてくれてたらどうなのよ！

――顔を合わせればイヤミばっかり言ってたくせに！

そう思ってしまうのは、人間であれば自然なことだと思う。

このあたりのわだかまりもあって、アルフィーナは従順になれないのである。

「なんですかアルフィーナ妃殿下。人の顔をじろじろ見つめて」

「……いや、あなたもずいぶん変わったなあと思ってね」

「そうですか。それほどでもありませんけどね」

皮肉を言ったつもりなのに、通じなかったようだ。


（ふふふ、どうやらますますイケてる男になってしまったようですね、ボクは）

（アルフィーナ嬢が殿下ではなく僕に惚《ほ》れてしまった時のことをシミュレートしておかねば）

（いや！　だめだぞキスリング！　そんな不敬な、不埒《ふらち》なことを考えては）

（ああ、でもおつむが勝手に考えてしまう！）

（アルフィーナ嬢とのべつまくなし！）

（のべつ!!　まくなしィィィィィィィィィィィィン!!）


ああ、ウザい。

テロリストとして活動し数々の危機を乗り越えてますますハジケてしまったようである。

そういう種族なのかしら。

死にかけるたびにウザくなる的な。

のべつまくなしって言いにくくないの早口言葉じゃあるまいしと、さんざんツッコミを入れつつ、
アルフィーナはにっこりと微笑《ほほえ》んで見せた。

「ねえキスリング？　ものは相談なんだけど」

「駄目です」

「……まだ何も言ってないんだけど」

「ちょっと城の外を散歩してみたいんだけど駄目かしら♪　とか言うつもりでしょう？　お見通しですよあなたの言いそうなことなんて。で、ついでにスキを見て塀を飛び越えて宮殿から脱走をはかろうと」

アルフィーナは頬をひきつらせた。

「おほほほ。いやね、キスリングったら。もう学生の頃のあたしじゃないのよ。そんな往生際の悪いことをするように見えて？」

「見えますが何か」

「おほほほほ！」

ちっ、バレバレか。

キスリングは大きなため息をつき、真面目くさった声で言った。

「今度という今度は、観念なさったほうがよろしいかと思いますよ。もはや事はあなた個人のことに留まりません。この国のためです。国民のためです。あなたがライオネット殿下と結ばれることが、イコール、帝国の繁栄につながるのですから」

「お父様とお母様にも同じことを言われたわ」

負けじとクソでかいため息をアルフィーナはついてみせた。

「国っていうのは、言ってしまえばただの人の集まりでしょう？　大勢が暮らしていくために、そのほうが便利で都合がいいからって理由で集まっているの。国のために人が犠牲になるのは、順番が違うわ。賢いあなたならわかるはずよね？」

キスリングはメガネ越しの目を瞬かせた。

「それはずいぶん、大胆な意見ですね」

「不敬だなんて思わないでね。あたしはあたしなりにこの帝国を愛しているし、皇帝家にも敬意を払っているわ。だけど、そのために自分の人生を犠牲にしろと言われたら、あたしは納得できないってことよ」

「一理あることを認めましょう。ですが、ライオネット殿下の妃となることで、あなたの人生が台無しになるとは僕には思えませんね」

「どういうこと？」

「あなたのその、あり余るほどのエネルギーは、とても市井の民に収まるものではありません。もっと広い世界で、高いステージで輝けるのに、ご自分の可能性をもったいないとは思わないのですか？」

思わないんだなあ、これが。

輝くとかなんとか、マジでどうでもいいし。

自分の世界は狭くていいし、立っている地面も平らならなんでもいい。

田舎でのんびり花や植物と戯れて暮らす以上の幸せなんて、どこにあるのよ？

そう言いたいアルフィーナだが、この価値観を彼と共有できないことは知っている。

別にキスリングに限った話ではない。

100回人生を繰り返している自分と同じ価値観の人間なんて、この世にいるとは思えない。

やはり、議論は無意味なのだ。

「あたしみたいなおてんばに未来の皇妃なんて務まると思うの？　知らないわよ、来賓の王族をぶん殴ったりしても」

「そういう心配はしていません。あなたは確かにおてんばで、乱暴で野蛮で無謀で我が儘《まま》で自由気ままで気分やでまったく淑女の風上にもおけない女性ではありますが――」

「……よくもまぁ、そんなスラスラとあたしの悪口が出てくるわね……」

皇妃になったらこいつを処刑してやろうか。暴君アルフィーナの誕生。

「しかし、弁《わきま》えるところを弁えている女性でもあると、僕は知っています」

「……」

「あなたが殿下の妃となり、ゆくゆくは国母となるならば――帝国は慎み深さを失う代わりにと引き換えに『元気』を手に入れるのではないかと思うのです」

なんて、遠い目をして語りつつ、心の声が聞こえてくる。


(作法やマナーを叩《たた》き込まれている慎み深い令嬢なんて、この帝国には掃いて捨てるほどいる)

(しかし、アルフィーナ嬢のようなパワフルさを持った令嬢となると皆無)

(ゆえに、彼女こそが殿下の妃に相応しいのです)

(彼女の足りない部分はこの僕が補佐すればいいわけですから!)


……なるほど、ねえ。

そういう考え方もあるか、と思わず感心してしまった。このあたりの思考はさすが切れ者、殿下の知恵袋と言われるだけのことはあるようだ。

しかし、自分がそれに甘んじるかというと、やっぱり別の話なのである。

◆

次なる訪問者は唐突にやってきた。

ヘヴンローズ王国の第七王子にして、次期王最有力候補。

ヤヴンロック・ヘヴンローズ。


「やあアルフィーナ。籠の中の鳥の気分を満喫しているようだな」


言わずと知れた隣国王子が、町歩きする若者のような軽装で目の前に現れた。

両手には抱えきれないほどの黒薔薇《くろばら》の花束を持っている。

今日も部屋で婚約延期の嘆願書をせっせとしたためていた最中だったところにいきなり出てこられて、アルフィーナは筆を止めて呆然《ぼうぜん》とした。

「ヤヴン様。どうやってこの部屋まで来られたのですか？」

「こっそり来た」

などと言いながら、花束を渡してくる。

黒薔薇の香りにむせかえりながら、アルフィーナは聞いた。

「こっそりって……めちゃめちゃ厳重な警備があったはずなのですが」

例の軍人メイド長がアルフィーナの前にかばうように進み出て、ヤヴンをにらみつけている。外からもわらわらと衛兵たちが集まってくるが、その人数はあきらかに少ない。ちなみにメイドの中には不謹慎にもヤヴンの危険な美貌に頬を染めている者もいて、まったく顔がいいとは罪なことである。学院時代もだいたいこんな感じで、級友が泣かされていたものだ。

その色男はいけしゃあしゃあと言い放った。

「俺の隠形術にかかれば、この国の警備など大したものではない」

「メイドや衛兵たちにも見つからなかったと？」

「見つかっても、のしてしまえば気づかれてないのと同じだ」

なるほど、だから衛兵が少ないのか。

「女性の場合は、優しくその口を塞いであげたぞ」

不敵な笑みとともに軽いノリの言葉を吐くその物腰はまったくいつもと変わらない。

心の中の声は――。


（あるあるぽんぽん♪　アルぽんぽ～ぉん！）

（ぽんぽんぽんぽんぽこ♪　ぽんぽ～ぉん！）

（ぽんぽこりんの♪　あるぽんぽぉぉぉん！）


と、なんかよくわからんポンポコリズムで埋め尽くされている。

あいかわらず、何考えてるのかわかんないなあ……。

いろんな人間の心の声を聞いてきたけれど、この隣国王子ほど意味不明なのも珍しい。情熱をそのまま歌にして叩きつけてくる。

そして、その歌はとてつもなく音痴であるのだから始末に負えない。

「それにしてもひさしぶりだなアルフィーナ。お前がグラス港で俺の前から逃げ出して以来だ」

「ソノセツハモウシワケアリマセンデシタ」

この言い方は根に持ってるなぁと思いつつ、アルフィーナは頭を下げて見せた。

「ところで王子？　国際問題に発展しそうな危険を冒してこられたのは、いったいどんな御用でしょうか？」

ヤヴンは肩をすくめた。

「国際問題とは心外だな。例の修好条約締結以来、我がヘヴンローズ王国とライオーン帝国との仲は良好だぞ。俺の外交手腕のおかげでな」

「それを自ら台無しになさっていませんか？」

軍人メイド長以下アルフィーナの護衛たちは殺気立った面持ちでヤヴンを包囲している。

この部屋でチャンバラなんてやられた日にはたまったものじゃないので、アルフィーナは視線で彼女らを制した。

「アルフィーナ、正直に答えろ。あの無ッ愛想な金《きん》の髪《ぱつ》と、本当に結婚するつもりなのか？」

「……」

「奔放なお前の性格はこの帝国には合わない。自由な気風の我がヘヴンローズへ嫁に来たほうが、幸せになれるとは思わないのか？」

アルフィーナは頰杖《ほおづえ》をついて、野性味あふれる王子の顔を胡散臭《うさんくさ》そうに見つめた。

「つまり、あなたの妃になれと？」

「その言い方は風情がないな。『俺の城を飾る花にならないか』と、そんな風に解釈して欲しい」

ヤヴンは薔薇を一輪手に取ると、その匂いを嗅いでうっとり目を閉じた。なんなのそのキザ男ムーブ。どこ行けば習えるの。

じりじりと護衛たちがヤヴンとの距離を詰めている。

まだ武器こそ手にしていないが、一触即発、何か彼が妙な動きを見せればすぐに飛びかかっていくだろう。ヤヴンのほうでもそれを待ち構えてる風で、腰の刀に手をかけている。

と、その時、ドアが荒々しく開いて——。


「何故《なにゆえ》貴様がここにいる！　ヤヴン!!」

騒ぎを聞きつけたらしいライオネット皇子が駆け寄ってきて割り込み、アルフィーナを背中にかばった。

世間一般の女性ならば、美形王子に言い寄られていたところをこれまた美形皇子にかばわれて「あっ、あたしってばなんて罪な女……！」と自己陶酔的な幸せに打ち震えるかもしれず、事実、メイドの中にはこの光景を見て不謹慎にも「尊い……」なんてつぶやいている者もいるのだが、アルフィーナにとっては猿山のボス同士がエサを巡ってキーキー威嚇しあってるようにしか見えない。

100回ループしていれば色恋の感じ方なんてそんなものである。

金髪の猿が黒髪の猿に向かって吠《ほ》えた。

「語るに落ちたなヤヴン！　他人《ひと》の花嫁に手を出そうとは、未練も甚だしいぞ！」

「何を言うかライオ。貴様こそ、嫌がる女性を無理やり花嫁にしようなどと賊の所業。『金色の宝剣』から『山賊の棍棒《こんぼう》』に改名したほうがいいぞ」

「そういうお前こそ、他人の国に土足で踏み入って姫をさらいに来るなど輩《やから》の所業。『黒薔薇の君』から『黒腹の輩』に変えてはどうだ？」

「ハハハ。うまいことを言うじゃないか。……殺す！」

「フフフ。それほどでもないさ。……死ね！」

エキサイトする二人を見守るアルフィーナのテンションは、二人に反比例するようにずんずーんと落ちていく。

ライオネット皇子に嫁ごうと、ヤヴンロック王子に嫁ごうと、ストレスばかりたまる結婚生活が待っていそうである。

そもそもこんな面倒くさい男どもが夫だなんて冗談じゃない。

それなら一生独身でいいんじゃないかな、と思う。


「……はぁあ……」

まったく、人生というのは何度繰り返してもままならぬものである。

◆

貴族の令嬢がたしなむバイオリンやピアノといった楽器には興味を示さないアルフィーナだが、笛は好きだった。森や丘を散策して手頃な木の枝を拾ってきては笛を自作し、気ままにピーピー鳴らしていたものである。

今は散策の自由もない。

窓辺に腰掛けて、口笛をひゅーひゅー吹いている。なんという寂寥《せきりょう》、自分でも悲しくなってくる。

空を見上げれば今日もよく晴れていて、真っ白な鳥が気持ちよさそうに翼で風を切っている。

ああ、鳥さん。

どうしてあたしは鳥さんじゃないの？

……なんて、愚にもつかぬことを考えてしまうアルフィーナ。黄昏《たそがれ》モードである。

と――。

その時、窓辺に駆け寄ってきた小さな影がある。

真っ白な猫だ。

綺麗《きれい》な赤い瞳をしている。

瀟洒《しょうしゃ》なその白猫は、アルフィーナを窓越しにじっと見つめて、小さく「にゃあん」と鳴いた。

アルフィーナはそばにいた軍人メイド長に声をかけた。

「ねえ、ちょっとあの猫さんと遊んできてもいいかしら？」

メイド長はじろりと白猫を一瞥《いちべつ》した。

「こんな宮殿の奥深い場所に、猫が迷い込むとは珍しい。どこかの貴族の飼い猫でしょうか？」

「そ、そうね！　毛並みも良いし、怪しいところはないと思うわ！」

「私の目の届く範囲でお願いいたします」

「ええ、もちろん！」

アルフィーナはいそいそと部屋を出て窓辺に回り込んだ。

猫好きらしい衛兵が和やかな顔で見守る中、アルフィーナは心の中で和やかではない声を発した。

『ヒイロ！　よく来てくれたわ！　待ってたのよう!!』

白猫に姿を変えた忠実な執事はにゃあん、と鳴いた。

『お待たせして申し訳ありません。警備がことのほか厳重で、侵入に手間取ってしまいました』

『いいのいいの！　それよりここを抜け出す方法を考えたから、手伝って欲しいの！』

白猫はその赤い瞳を丸くした。

『やはり、お逃げになるのですか。次期皇妃の座をお捨てになって』

『あったりまえじゃないの！』

『御意とあらば従いますが、しかし、これだけ大事《おおごと》になると身を隠すのも難しいですね。実は例の火竜山《かりゅうさん》の隠れ家も、見つけられてしまったようで』

『そんなことだろうと思ったわよ』

皇帝陛下が本気になれば、祖母ユリナールゆかりの場所はまず間違いなく見つかってしまうだろう。かといって国外も怪しい。

仮にライオーン帝国から逃れられたとしても、ヘヴンローズ王国に見つかってしまっては意味がない。帝国と国交のある国に逃げたとて、匿ってもらえるとは限らなかった。

それこそ、両国と国交のない極東の国まで逃げるか？

しかし、長い船旅となると、その航路はすべて国家が押さえている。一年前に船旅に出ようとした時も、結局港で皇子たちに見つかってしまって、逃げるのに大きな苦労を強いられたのだ。

もうこの世界にあたしの逃げ場所はないのかも——。

なんて、最近のアルフィーナは考えていたのである。

だとすれば、もう、進むべき道はひとつだ。

『もうね、ヒイロ。あたしは覚悟を決めたわ』
『と、おっしゃいますと？』
『101回目のループよ。もう、この100回目《じんせい》からおさらばする！』
『なんとっ⁉』

尻尾をぴんと突き立てたヒイロに、衛兵が何事かと首を傾げている。

『ま、またループなさるとおっしゃるのですか⁉　首もはねられてないのに？』
『結婚も死刑も似たようなものよ！』

めちゃめちゃなことを言っている自覚はあるが、アルフィーナの実感としてはまさしくそれであった。肉体が死ぬのも精神が死ぬのも似たようなものではないか。

『殿下のお妃、ゆくゆくは皇后陛下。一生、宮殿の中で暮らす人生。鳥かごの人生。そんなものをあたしが望むと思う？』
『まったく思いませんが……いや、しかし、再度のループとは』

ヒイロはじっとアルフィーナを見上げた。

『以前もお話ししたかと思いますが、ユリナール様が貴女様にかけられた輪廻《りんね》の魔法は、あくまで「望まぬ死」を強制された際に発動するものです。今回の場合はそれと異なります。そもそもループできるかどうか』

『だから、死刑も結婚も似たようなものなの！　あたしの心が死んじゃうのよっ！　たぶん、結婚式で殿下に指輪をいただくとき、自分は死んだと心が認識してループが発動するわ！　あたしにはわかるのよ！』

『な、なるほど……しかし……』

『何かまずいことでもあるの？』

ヒイロは頷いた。

『今回のようなケースはユリナール様も想定されていなかったと思います。ループがどのような結果になるのか、私にもまったく予想できないのです』

『どういうこと？』

『今までとはまったく違う分岐《ルート》に入り込んでしまうかもしれません。これまでの人生も細かな違いはあったかと思いますが、今度は本来の世界から大きく逸脱してしまう恐れがあります。ありえないことが起きる世界かもしれないんですよ』

『ふうん……?』

ヒイロの不安が、いまいちぴんと来なかった。

常にポジティブなアルフィーナとしては「逸脱こそ望むところ!」という感じである。

そもそも今の状況が最悪なので、これ以上の「底」があるとは思えない。

『大丈夫よヒイロ。今まで100回もやってきてるんだからさ、今度だってどうにかなるわ』

ヒイロはなおも迷っているようだった。

『では、こういたしましょう。もし101回目がうまくいかなかった場合は、この世界に戻れるようにします』

『そんなことができるの?』

『アルフィーナ様の手の甲に、魔法で〝刻印〟を刻んでおくのです。もし101回目の世界で危機に陥り、戻りたいと願った時は、私が魔法を使用してこちらの世界に魂を引き戻します』

なるほど。刻印が「命綱」のような役割を果たすということか。

『かなりの大魔法になりそうね』

『カルル様にも協力をお願いすれば、なんとかなるでしょう――しかし、あまり時間がたつと、魂がその世界に定着して戻れなくなる恐れもあります。決断されるなら、早いほうがいいでしょう』

アルフィーナは頷いた。

『一ヶ月もあれば、101回目の世界を見極められると思うわ。もし戻りたいと思った時は、刻印を通じてあなたに信号を送るから』

『畏まりました』

おそらく、そんなことはないだろうと思う。

この世界より不幸な世界があるとは、今のアルフィーナには思えないのであった。

◆

アルフィーナ・シン・シルヴァーナ公爵令嬢が生きていた――。

皇帝タイガ四世の名においてその吉報がもたらされた時、帝国では歓喜の渦が巻き起こった。

「何故《なぜ》、どうして、どうやって」

「首をはねられた令嬢が、どうやって生き延びたというのか」

「我々はまた何者かに洗脳されて幻でも見せられているのではないか」

——などと言う者もいたが、それよりも単純に祝福する声のほうが圧倒的であった。

ここには「聖女事件」で国民が心に負った傷が大きく関わっている。

たったひとりの聖女にたぶらかされたということで、世界中の国から「帝国民はだらしがない」という声が少なからず起きていたのである。世界中から物笑いの種にされることで傷ついたプライドとイメージから復活するには、これくらいのインパクトが必要だった。

続いて「ライオネット皇子とアルフィーナ嬢は再び婚約を結び、一ヶ月後に華燭《かしょく》の典をあげる」という報がもたらされた時、国民はさらに熱狂した。

めでたい、ともかくめでたいと、その声は日ごとに増すばかりである。


「アルフィーナ皇子妃殿下、ばんざい!!」

「アルフィーナ皇后陛下、ばんざい!!」

「ハハハハ。お前、それは気が早すぎるだろう!」


このようなやりとりが、帝国の酒場では毎晩のように起きているという。

その話を聞いた時、アルフィーナは自分の心境と世間の評判とのあまりの落差に、めまいがする思いであった。

――どいつもこいつも、人の気も知らないで！

聖女に洗脳されていた時は、悪女だのなんだの好き放題言っていたくせに、洗脳される前でも「おてんば令嬢」なんて言っていたくせに、まったく勝手なものである。

そう、他人とは勝手なもの。

ならばこっちも勝手にしてやろうじゃないのとアルフィーナが思うのは必然でもあった。

◆

結婚式を間近に控えて、アルフィーナは家族と面会した。

娘を祝福に来た父親と母親に向かって、アルフィーナはさめざめと泣いてみせた。

「お父様、お母様、あたしは嫁ぎたくありません。まだお二人のおそばにいとうございますっ。親孝行がしとうございますっ！」

なんだかよくわからない言葉遣いで娘に泣きつかれ、父は微笑した。

「お前が殿下の花嫁となってくれることが、一番の親孝行だよ。アル」

「あっ。じゃあやめます。親孝行やめます。不良になります」

「ハハハ。マリー、アルがこんなことを言ってるよ」

「オホホ。本当ですねあなた。きっと寝ぼけているんですのね～」

娘の肩を優しく叩くと、母は真顔で言った。

「もう観念しなさいアル」

「……」

「籠の中の鳥になりたくないとあなたはよく言いますが、これからは籠の中の幸せを見つけると良いでしょう」

「そんなもの、あるのでしょうか？」

「ありますとも」

「具体的には？」

「ああそうそう。ベールボーイの役目はカルルとヒッパー君にやってもらいますからね。二人とも大変乗り気みたいよ。弟が二人になったみたいで、幸せ者ねえあなたは」

「……」

完全にはぐらかされてしまった。

とはいえ、カルルだけでなくヒッパーまで来てくれるというのは喜ばしいことには違いない。

二人はあれから友人となり、家にヒッパーを連れてきて両親を驚かせたらしい。

カルルが友達を作るなんて、しかも家に連れてくるなんて――。

二人が仲良くするのは、どこぞの皇子と王子の仲が悪いぶん、帝国と王国の友好の象徴となるかもしれない。

◆

カルルと二人きりで話す機会を得た時、アルフィーナは魔法の天才である弟にこうささやいた。

「かくかくしかじか、そういうわけだから。あたしのループに力を貸して欲しいの」

カルルは頷いて、しかしそれから首を傾げた。

「こっちの世界のねえさまは、どうなるの？　いなくなっちゃうの？　それは、やだ！」

そんな弟を愛《いと》おしく思いつつ、アルフィーナは優しく言った。

「いなくなるってことはないと思うわ。こっちの世界はこっちの世界のアルフィーナとして、皇子の妃となって日々を過ごしていくことになると思う。いわば、今ここにいるあたしの魂だけがループするみたいな感じで」

かつて繰り返してきた99回にしても、その世界のアルフィーナは首ぽんされて死体となり火葬されていたはずだ。魂だけが過去軸の別世界に戻り、やり直していたわけである。その例でいえば、花嫁となったアルフィーナは、引き続きこの世界で生きていくはずである。

もちろん確証は持てない。
大魔導師と呼ばれた祖母ユリナールですら、実行したことのない魔法だ。
魂がループしたことで置き去りにされた肉体は生命活動を停止して死に至る——という可能性もあるが、アルフィーナとしてはこの世界から逃げ出せるならなんでもいいという心境になっていた。

ヒイロが言っていた「ありえないことが起きる世界」であろうと、なんだろうと。

きっと、この世界よりはマシだろう……。

◆

そうして、春。
真っ赤なアルフィーナの花が咲き乱れる季節。

ついに結婚式の日がやって来た。

ライオネットとアルフィーナの結婚式は、宮殿の中央にある大聖殿《たいせいでん》で行われる運びとなった。皇族の結婚式以外は決して使われることのない荘厳かつ壮麗な建物であり、帝国に生まれた少女であれば一度は「皇子様との結婚」をこの場所で挙げることを夢見る。

アルフィーナは、その数少ない例外であった。


その「例外」が、まさか、皇子様と結婚するハメになるとは——。


花嫁の控え室で往生際悪くぶーたれている公爵令嬢を、両親が見舞った。

「おお、アル。綺麗だよ。本当に本当に綺麗だよ」

「ようやく、ようやくここまでこぎ着けて。ああ、天界のお義母《かあ》様、ご覧になっていらっしゃいますか。あのおてんば娘が、ついに殿下と結ばれます！」

感激する両親を見つめるアルフィーナの心は、凪《な》いだ海のようだった。ここまで来たらもはや悟りの心境。なんとでも言ってくれという感じである。

続いて、カルルとヒッパーがやってきた。

貴族の正装に身を包んだ二人は神の子のように可愛《かわい》らしい。この姿を見られたことが、この結婚式の唯一の良いところだとアルフィーナは思った。

いつもと変わらない表情のカルルだが、ヒッパーはやや緊張した顔つきである。

「来てくれてありがとうヒッパーくん。今日はよろしくお願いね」

彼は生真面目に頷いた。

「カルルも。よろしくお願いするわね」

「……」

カルルは何も答えない。

「よろしくお願いする」の意味を、弟は正確に理解しているからである。

事情を知らないヒッパーは首を傾げた。

「姉さんが結婚するんだから、もうちょっと何か言えばいいのに」

「いいのいいの」

苦笑するアルフィーナの手の甲には、魔法の紋章が描かれている。昨晩、ヒイロとカルルに施してもらった「刻印」だ。

準備は万端。

しかし、このイレギュラーなループが果たして成功するかどうか、やってみなければわからない。

家族との挨拶を終えると、ライオネットが入室してきた。

皇太子としての正装に身を包んだその姿は、神々しいばかりに輝いている。大聖殿が出席者のため息で満ちること疑いなしだ。

新婦の両親に挨拶をすませた後、緊張と興奮にかすれた声でライオネットは言った。

「いよいよだ。アル」

「アッハイ」

無機質な声で答えるアルフィーナの視界の端に、廊下で待機する完全武装をした兵士の姿が映る。

物々しい警備である。

「ヤヴンロック王子が結婚式の最中に乱入し、花嫁を奪いに来る」という噂《うわさ》が帝国では流れており、それに対応するためのものだった。

「行こうか」

「アッハイ」

白いグローブをはめて刻印を隠し、アルフィーナは伴侶となる男性の手を取った。

二人の結婚式は世間一般でいうゼノス教会式ではなく、古来より伝わる帝国式にて行われる。新婦は新郎とともに皇帝陛下の前まで歩き、ゼノスを含む十二神に結婚を報告したうえで「誓いのキス」をする段取りになっている。

そのキスの刹那、自分の精神は死を迎えるだろう。

輪廻のトリガーは、その時だ。

◆

新郎新婦が入来すると、大聖殿に集った来賓から一斉にため息が漏れた。

バージンロードをしずしずと歩くアルフィーナに、さざ波のような囁《ささや》き声が届いてくる。

「ああ、ライオネット殿下。なんと神々しいお姿。美の化身が地上に現れたかのようだわ」

「アルフィーナ様も負けてなくてよ。純白の衣装に、あの炎のような赤髪がよく映えること」


この結婚式に招待されているのはいずれも名のある大貴族ばかり。

中には、昔のアルフィーナのことを快く思っていなかった令嬢もたくさんいるはずだ。

殿下の婚約者に決まった学生時代から、これまで嫉妬は無数に受けてきている。

今日の出席者には「舞踏会でアルフィーナのステップを暴れ馬のようだと笑いながら自分は長すぎるスカートの裾を踏んづけて駄馬のように転んだ伯爵令嬢」だとか「おてんば令嬢に殿下を奪われるくらいなら学院の屋上から身投げすると言いつつ屋上の縁で踏み台昇降をしただけで終えた侯爵令嬢」だとか、いろいろ見覚えのある顔も混じっているのだが、今や大偉人となったアルフィーナに嫉妬する令嬢は、この帝国には存在しなかった。

自分と似たような身分なればこそ嫉妬は生まれるのであり、相手が規格外の偉人ということであれば、もはや「崇拝」の対象にしかならないのである。

二人はその艶姿《あですがた》を出席者に披露しながら、赤い絨毯《じゅうたん》で敷き詰められたバージンロードを大神官の待つ祭壇までゆっくりと歩いた。

大神官役を務める皇帝タイガ四世が、朗々たる声を発した。

「余はここに宣言する。ライオネット・ライオーンと、アルフィーナ・シン・シルヴァーナは夫婦となった」

二人は頭を垂れて、その言葉を恭しく受け取った。

聞かされていた段取りでは、すぐに次の儀式に移行するはずであった。

ところが、皇帝はさらに声を張り上げて、

「さらに宣言する」

異例の発言に、会場がどよめく。


「来年早々に余は玉座を退き、ライオネットに皇位を譲り渡す」

「今日ここに生まれた夫婦は、新皇帝ライオネットと新皇后アルフィーナとなるであろう!」


その瞬間、会場の時間が止まったかのように思われた。

誰もが動きを止め、まばたきすら忘れ、宣言した皇帝の厳めしい顔を凝視した。

まさにサプライズだった。

ライオネットが皇位を継ぐことは既定路線であり、確実視されてはいた。

だが、皇帝の口からはっきりそう告げられたのは、少なくとも公の場では初めてのことであった。

そして――。

「ライオーン帝国、ばんざい‼」

誰かが叫んだ。
それを契機として、大聖殿にいくつもの歓声が弾けた。

「ライオネット新皇帝、ばんざい！」
「アルフィーナ新皇后、ばんざい！」

熱狂の渦が巻き起こり、熱気が会場を満たしていった。
歓呼に応える皇子とともにその渦中にいるアルフィーナは、呆然として、ひとつの事実を悟った。

——ああ。
——終わった。
——あたしの人生、おわった。

熱狂に負けない声量で、皇帝陛下が叫んだ。

「それでは、誓いの接吻《せっぷん》を！」

象牙細工のような指が白いベールにかかった。
新郎の瞳は真摯で情熱的で、新婦の死んだ魚のような目を見つめている。
二人がキスするのは、これが初めてだった。

「では、行くぞ。アル」
「はい。行きましょう」

緊張に張り詰めた声でライオネットは告げ、アルフィーナも緊張した声で答えた。
だが、「行く」のは、それぞれ別の場所である。

皇子のくちびるが触れた瞬間――。

アルフィーナは、何度も繰り返したあの感覚を味わっていた。
ぷつんと糸が切れたように意識が途切れ、巨大な扉が開いて自分の体がそこへ吸い込まれていくような感覚――。

これまで99回味わってきたのと、同じ感覚であった。

◆6章

気がつけば、そこは応接室のソファだった。

「……ん……」

長い眠りから覚めるような、あの感覚とともに、アルフィーナは頭をもたげて周囲を見回す。
母親のマリーと、初老の使用人が三人いる。
見慣れた家具と赤い絨毯《じゅうたん》。
壁には、祖母ユリナールの肖像画がかけられていた。
アルフィーナが生まれ育った公爵邸、その応接室であった。

——101回目のスタートは、またしても我が家か。

前回もここからスタートして、直後に皇子の訪問を受けて「聖女暗殺を企てた疑い」で逮捕されたのである。

窓の外からは柔らかな陽射《ひざ》しが差し込んでいる。前回は深夜だったが、今回は昼間らしい。

隣のソファに座っている母親に尋ねてみた。

「お母様。今は、何年何月の何日でしょうか？」

母親は目を瞬かせた。

「おおアルや、どうしたの？　あなたまでおかしくなってしまったの？」

「至って冷静ですし、頭もはっきりしております」

このやりとりも前回と似ている。

「今は大神暦８４４年7月5日。午後二時です。これからライオネット殿下がいらっしゃるというのに、しっかりしなさい」

「８４４年⁉」

思わず声をあげた。

前回の人生《ループ》より、さらに一年も「過去」にさかのぼっているではないか。

この日付だと、まだ聖女が帝国に現れる前のはずだ。

聖女が出現してないということは、聖女暗殺を企てた疑いもかけられていないということになり、自分はまだ皇子の婚約者であるはずだ。

「え、えーと、それじゃあ、今日殿下が訪ねてこられるのは、いったい何の御用で？」

母はため息をついた。

「また、いつものご病気でしょう」

「病気？　殿下はご病気なのですか？」

　これまた前例のないことだった。ライオネット皇子の健康状態は極めて良好で、ちょっとした風邪《かぜ》以外で床に伏せったことはないはずだ。

「いわば恋の病。あるいは心の病というべきかしらね」

「恋？　あたしにですか？」

「あなたのどこをそんなに気に入ってくださったのか知らないけれど、さすがに、ねえ」

　またまた母はため息をつく。

　これはいったいどうしたことだろうと、アルフィーナは首を傾げた。

　これまでの１００回、母は皇子と娘の婚約を大いに喜び、かつ心配していた。やれ、もっと妃にふさわしい振る舞いをしろだの、花嫁修業をしろだの。「そんなことでは破談にされてしまいますよ！」と、何度お小言をもらったかわからない。

　ところが、今日の母親は、なんだか皇子の訪問を鬱陶しがってる風ではないか。


　コンコンッ！


　その時、荒々しいノックの音が響いた。

　前回と同じく、中年のメイド長が慌ただしく応接室に入ってきた。

「お、奥様、お嬢様、殿下が、ライオネット殿下がっ……!!」

護衛の兵士たちを引き連れて、「今世」の皇子が部屋に姿を現わした。

だが――。

おかしい。

何がおかしいって、蒼《あお》い薔薇《ばら》を一輪、その形の良い唇にくわえているのである。

それは、彼のライバルであるヤヴンロックがやっていたキザ男ムーブであり、それを軽蔑していたのが彼だった。

なのに、これはいったい――。


「イエ～イ、ハニー。ご機嫌いかいか～？」


……。

…………。

……………。

「………………は？」

たっぷりの沈黙の後、アルフィーナの口から間の抜けた声がこぼれ落ちた。

「は？」

それ以外に言葉が思いつかなかった。

イエイ？

ハニー？

いかいか？

…………それは、何語？

「あ、あの、殿下？　何語……いえ、何事でしょうか？」

「まずは何も言わず、この薔薇を受け取ってくれぇ～い♪」

片膝をついて、ぴっ、と蒼の薔薇を差し出してくる。彼の白い顎には、真っ赤な鮮血がしたたっていた。棘《とげ》で切ったらしい。慣れないことをするからである。

「殿下、おケガをされています。手当を」

「いいから！　いいから！」

押しつけるように薔薇を手渡すと、皇子は立ち上がってフッと前髪をかきあげた。

「ヘイハニー！　これからお城デートと洒落込《しゃれこ》まないか～い？」

「で、でぇとっ⁉」

驚きの発言の連続であった。

ライオネットと知り合ってからというもの、デートに誘われたことなどただの一度もない。

１００回通して一度もないのである。

99回、ずっと嫌われていると思い込んでいた。

１００回目で心の声を聞いて「好きすぎて誘えなかった」という真実を知り、驚いたものである。

その皇子がデートに誘ってくるなんて、アルフィーナにとってはまさに驚天動地の出来事であった。しかもなぜ口調がチャラ男《お》なのか。理解に苦しむことばかりだ。

ならば——。

アルフィーナは古代魔法を発動させた。

心の声を聞く力は１０１回目でも健在であり、さっそく皇子の「声」を聞くことができた。

いわく——。


（今夜は離さないぜ、子猫ちゃん☆）


「……………………………は？」

公爵令嬢の口から、またもや間の抜けた声がこぼれ落ちた。

子猫ちゃん？

心の声まで、それなんですか？

マジですか？

すると、１０１回目のライオネット・ライオーンは心の底まで骨の髄まで、チャラ男なナンパ男ということに——。

「いやいやいやいやいやいや。ちょっと待ってください」

心の整理がつかず、アルフィーナはこめかみを押さえた。

細かい違いや変化こそあれ、ここまで皇子の性格が「激変」していることはかつてなかった。

母も使用人の面々も普通で今までと変わらないのに、何故《なにゆえ》皇子だけ？

いや……。

皇子「だけ」とは限らない。

「あ、あの～殿下？　今日はキスリングは一緒ではないのですか？」

問いかけると、護衛の兵士たちの後ろで声がした。

「ほ～い。ここにおるでぇ～」

謎のノリと謎の訛《なま》りとともに現れたのは、おしゃべりクソメガネことキスリング・アシュレイ。

やたら馴《な》れ馴れしい感じで、アルフィーナの肩をぽんぽん叩《たた》いてくる。

「せやかて、アルフィーナ嬢。殿下のお気持ちも察してあげてぇ～な」

「うん……あの、キスリング？　……え？　キスリングよね？」

「せやで？」

おしゃべりクソメガネから謎のクソメガネへと変貌した蒼髪《そうはつ》の男は、きょとんとした。

「ちなみにな、アルフィーナ嬢。わいは最近、十秒ごとにアホになる魔法にかかってってんな」

「はあ」

「その発作があんさんの前でも抑えられへんくてピョ～～～ン!!　いやいやマジメにやってんねんでわいもピョ～～～ン!!　でもやっぱりこの発作はピョ～～～イ!!」

――えっ。ふざけてるの？

心の声を聞いてみると、

（ピョ～ン！）

（ピョ～～ン‼）

（ピョピョピョピョのピョ～～～ン‼）


聞いてしまったことを速攻、後悔した。かつての学院一の優等生、帝国一の俊才と言われた男の変わり果てた姿がそこにあったピョ～ン。

――ようするに。

ライオネットはチャラ男になり。

キスリングはアホになってしまった。

ヒイロの言っていた通り、ありえないことが起きる世界《ループ》にやってきてしまったのかもしれない。

それにしても、それにしても、だ……。


「うぃうぃうぃ～♪　ひぃあうぃ～♪　ヒィアウィゴー！」

「アルぴょんアルぴょん♪　ぴょんぴょんのぴょ～～い！」

さすがにこれは反則だろう。

——どうなってんのよ、101回目の世界は!!

◆

そういうわけで、どんなわけで。

断る気力も失ってしまったアルフィーナは、皇子に連れられて「お城デート」とやらをすることになった。

キンキラキンに飾り付けられた豪華な馬車に乗って城の大庭園を一周するというプランである。

帝国じゅうの令嬢が「金色の宝剣」とこんな風に過ごす日を夢見ているはずであり、事実、「ねえ、殿下とお城デートなさったことあるんでしょう？　どんな感じでしたの？」と、好奇心旺盛な令嬢に社交界の場で聞かれること幾度。そのたびに「誘われたことないでぇ〜す☆」と事実を告げ、彼女らに「うそばっかり」「もったいぶって」「お高くとまってる」などなど無慈悲に叩かれていたのであるが、まさか101回目の人生で実現しようとは思わなかった。

しかし……。

「あぁ、今日はなんて素晴らしい日だろうかっ。いとしのアルと二人きりで！　馬車で！　お散歩ぉ！　ヒィア！」

いちいち皇子がしゃべるたびに、ぶわさ、ぶわさっと前髪が波打つ。

なんだろう。

前髪が声帯の代わりに震動しているのだろうか。

「ヒィアヒィア♪　実はな、アル」

「はあ」

「私はずっっっっと！　君をこうしてデートに誘いたかったのだっ！　――ああ、言っちゃった！

ヒュー！」

イッちゃったかー。

真っ赤な顔を両手で覆って顔を背ける皇子の姿は、まさに恋に恋する少女そのもの。隣のメガネが「やんッ♪　衝撃の告白っ♡」とかくねくねして頬を染めたので殴り殺したくなった。

「あのー、どうして今日はあたしを誘ってくださる気になったのでしょう？」

皇子は目をキラキラと輝かせた。まるで瞳の中に星が瞬いているようだ。

「聞きたい？　聞きたいのかっ？　ヒュイゴー？」

「……ご、ごー」

別に聞きたくなかったのだが、何かしゃべってないと間が持たない。

「実は、実はな……。まだ、これは内密の話なのだが」

「はい」

またしてもメガネが「ないみつ♡　あるみつ♡」とか連呼している。御者が何事かと、ちらちら視線を送ってくる。うるさくしてすいません、鬱陶しくてすいませんと謝りたくなった。

「皇帝陛下が昨晩、こうおっしゃったのだ。『アルフィーナ嬢のことをそげん愛しちょるなら、結婚を早めてよかろうもん♪』と。ヒィアァァァァー！」

「そげ、もん？」

謎の訛りでしゃべらないとダメな縛りでもあるのだろうか、この世界。

「早めるとおっしゃいますと？」

「なんだかんだで先延ばしになっていたが――一ヶ月後！　もう式を挙げちゃおうって話になっちゃいマシタ！　拍手～!!」

ぱちぱちぱちぱちぱちぱち!!　と、激しく両手を叩き合わせる殿下。

クソメガネは何故《なぜ》か自分の頬を両手でぱちぱち叩いていて、「痛くない！　痛くない！」とか叫んでいて。もはや怖い。心霊現象の域。

「って、ちょっと待ってください！　結婚!?　ここでもですかっ!?」

決死の覚悟でループしたというのに、これでは意味がない。

いや、皇子とキスリングの性格が五倍くらいウザくなってる（前世比）から、余計事態が悪化しているではないか――。

◆

気疲れ度マックスなお城デートから解放され、自宅に戻ったアルフィーナ。

結婚式のことを伝えると、父と母は諸手《もろて》をあげて賛成した。

「ぜひそうしなさい！　アル！　殿下にはお前が必要なのだ！」

「あなたが殿下を骨抜きにしてしまったのですから、あなたが責任を取って妃となりなさい」

「あたしのせいですか⁉」

まったく身に覚えのないことではあるが、しかし、自分のループが他者の性格に影響を与えるなんてことがあるのだろうか？　「ありえないことが起きる」というヒイロの言葉は、このことを指していたのか？

「あなたがしっかりして、あのバカ……こほん、殿下の手綱を握るのですよ」

「バカ？　バカっておっしゃいましたか殿下のこと⁉」

今世の母親はずいぶん大胆である。まぁ、あのヒィアヒィアうるさい殿下を見せられればそういう心境にもなろうということか。

「それにしても……」

「どうかしたのですかアル？」

両親がきょとんと見守る中、アルフィーナは思考する。

父と母は、前世までとほとんど変わってないように見える。

母の性格が強めかなと思うところはあるが、皇子たちのように「変わり果ててしまった」というほどの逸脱はない。

だとしたら――弟は?

「お母様。カルルはまだ帰宅していないのですか?」

時計を見れば、夕方の四時を少し回ったところ。授業はとっくに終わっているはずだ。

「またアカデミーでの研究が長引いているのでしょう。よくあることじゃありませんか」

「アカデミー? メルビナ初等学院に通っているのでは?」

母は怪訝《けげん》な顔つきになった。

「何言ってるんです。去年飛び級して、帝立アカデミーに入ったんじゃありませんか。あなたも賛成していたでしょう?」

「……あー」

なるほど、この世界ではそうなのか。

確かにアルフィーナは、天才である弟をもっと上の学校に進ませたほうが良いのではと考えたことがある。しかし、実現したことはない。カルルが飛び級に興味を示さなかったというのもあるし、飛び級しても周りとコミュニケーションが取れなかったら意味がないからだ。

その時、応接間にメイドが入ってきて告げた。

「カルル様がアカデミーより戻られました」

メイドが言い終わらないうちにドアが勢いよく開き、赤い髪の少年が部屋に入ってきた。

アルフィーナと同じ緑色の瞳が元気よくいきいきと輝いている。


「ねえさま！　たっだいまー!!」


立ち上がったアルフィーナの腹に、ずどん、と弾丸のような衝撃が伝わってくる。元気だ。とてつもなく元気な弟の姿だった。

「か、カルル？　カルルよね？　あなた？」

「え？　当たり前じゃん！」

じゃ、
じゃん？

ありえないほどわんぱくになったカルルは、噴き出す間欠泉のような勢いでしゃべり出した。

「聞いてよねえさま！　今日アカデミーでヒッパーくんが新しい上級魔法を成功させたんだ！　火系と氷系を組み合わせたやつ！　すごくない？　今までなかった組み合わせだよ！　もう教授や先輩たちもびっくりしちゃってさあ！　ああ、ねえさまにも見せたかったなあ、あのみんなの驚いた顔！　えへへへっ！」

にしし、と白い歯を見せて笑うカルルは、どこからどう見てもヤンチャ坊主であった。

――うーん、これはこれで可愛《かわい》いわね。

ようやく101回目の人生の良いところを見いだした思いだが、聞きたいことはいくつかある。

「ね、ねえ、カルル。いま、ヒッパーって言ったわよね？　この世界でもヒッパー・ワイルズくんはあなたと友達なの？　この帝国に彼がいるの？」

ヘヴンローズ王国の民であるヒッパーが帝国に来たのは、王国と帝国が修好条約を結び、彼の父親が外交官として帝国に赴任してきたからのはずだ。

しかしこの844年の時点ではまだ条約は結ばれてないはずで、それなのにヒッパーが帝国にいるのは、つじつまが合わない。

弟は不思議そうに姉の顔を見上げた。

「前に話したじゃん。王国からの留学生ですっごいデキる子がいるって。それがヒッパーくんだよ」

「留学生？　ヘヴンローズ王国から？」

「えっ、別に珍しくないでしょ？」

どうも話が噛《か》み合っていない。

「実は、今日遊びに来てるんだ！　おーいヒッパーくん！　ねえさまたちに挨拶しなよ！」

ドアの向こうに呼びかけると、黒髪褐色の少年が頬をかきながら顔を出した。

「いいって言ったのによ……。オレはただお前に本を借りに来ただけなのに」

その唇を尖《とが》らせる表情は、前世のヒッパーと変わらないように見える。

ああ、なんだかホッとする……。

「はじめましてかな？　カルルの姉のアルフィーナです」

「ヒッパー・ワイルズです。……知ってるよ、有名人だから。ライオネット殿下の婚約者だろ」

そのぶっきらぼうな言い方も変わらない。ますます好感度があがってしまった。

「ヒッパーくんは、ヘヴンローズ王国から留学してきたのよね？」

「そうだけど」

「やっぱりお父上が外交官をされているからかしら？」

ヒッパーは目を丸くした。

「どうして、オレの父様のことを知ってるんだ？」

「あ、えっと、そのー、ら、ライオ殿下からうかがったの！　仲の悪い王国と帝国の間を取り持つなんて、大変なお仕事よね」

ヒッパーのみならず、カルルもきょとんとした顔になった。

「ねえさま。王国と帝国の仲は別に悪くないよ？　ね、ヒッパーくん」

「まあな。ケンカしたりはしてないな」

なんと。

１０１回目は国際情勢まで変化しているというのか。

「で、でも、国境問題とか海洋資源を巡る争いとか、昔からいろいろあったじゃない？　それ全部解決ずみなの？」

「解決はしてないけど、うちの王子があういう性格だからな」

「王子って、ヤヴンロック様のこと？」

ヒッパーは頷《うなず》いた。

「ケンカなんか絶対できないよ、ヤヴン様は。いっつもなんか泣いてるし」

「え、でも、『竜殺し』の英雄でしょ？」

「王国じゃ『竜を泣き落として鱗《うろこ》を持ち帰ったんだ』ってもっぱらの噂《うわさ》だけど」

「な、泣き落とし？？？」

あの傲岸不遜、大胆不敵な「黒薔薇の君」が泣き落としって……。

想像もつかない「性格改変」が、彼の身にも起きているというのだろうか？

――ううっ、なるべく会わずにすませたい!!

と、その時、またもや勢いよくドアが開いた。

立っていたのは、さっき別れたはずのライオネット皇子である。またもや蒼い薔薇をくわえて、唇から血をだらだら流している。だからやめてください、それ。

「いとしのアルよっ！　もう待ちきれない！　ヒュー！」

「は、はい？」

「陛下とも話し合ったのだが、結婚までの一ヶ月間、宮殿に君の部屋を用意した！　そこでゆっくり過ごして、結婚の準備を整えるといい！　イイ！　イイーッ！」

ひとりで勝手にイッてる。

大丈夫なのこのひと。

やばいクスリでもキメてるんじゃないの？

「絶対嫌です！」

即座に返答する。

なぜ城に幽閉されるところだけ、前世と同じ展開なのか！

しかし、父と母は喜びに顔を輝かせて、

「それがよろしゅうございますな殿下！　さあ、ふつつかな娘ではありますが、さあどうぞ！　お納めください！」

「逃亡を企てると思いますので、厳重な警備をおすすめいたします！　さあ、どうぞ煮るなり焼くなり！　煮るなり焼くなり！」

「お父様お母様⁉　娘を売るのですか前世に引き続き⁉」

殿下は「ああっ」と喜びのため息をつき、

「ご両親の了解は得た！　さあいこうアルフィーナ！　ヒィヒィヒィア！　ヒィアウィゴー！」

アルフィーナの手を引こうとするその前に、カルルが立ちはだかった。

「だめ！　ねえさまを連れていくなっ！　殿下でもゆるさないぞっ」

「そうそう！　いいこと言うわカルル！」

やっぱり信じられるのは可愛い弟だけね！

すると皇子は、ぶわさっとまたもやウザったらしく前髪をかきあげ、

「だったらカルル、君も城に来ぉい！　来い濃い恋！　ラブトゥギャザー！　トゥギャザーしようぜ！」

「……え、いいの？」

「モチのロンさぁ☆　さぁヒィアウィ！　トゥギャザー！　ゴー！」

前世のカルルなら、こんなわけのわからないノリに絆《ほだ》されたりしないはずなのだが――。

「それじゃ、ぼくもごー！」

と、見事にのせられてしまった。

ライオネット皇子の伝染力、あるいは感染力、おそるべしだ。

「ヒッパーくんも、ごー！」

「いや、オレはいいから」

ノリノリで結婚までの日程を話し合い始めた家族と皇子を、アルフィーナは呆然《ぼうぜん》と眺めることしかできない。


――あたしに輪廻《りんね》の魔法をかけたお祖母様《ばあ》、教えてください！

――いったいこの世界はどうなってるのですか⁉


応接室の壁に飾られている祖母ユリナールの肖像画は沈黙し、何も答えを与えてはくれなかった。

◆

そんなこんなで、またもや籠の中の鳥となってしまった公爵令嬢。

囚《とら》われた部屋も前回と同じ。

警護兼監視の面々もまったく同じである。

例の殺人メイド長も、アルフィーナの傍らに無言で突っ立っている。


「はあぁぁぁ……」


ドアから徒歩一分のソファの背もたれに体を預けて、アルフィーナは途方に暮れた。

——この後は、どんな展開が待ち受けているのかしら。

前回は、この部屋にヤヴンロック王子が侵入してきた。

大胆不敵な彼らしい行動であったが——しかし、今世のヤヴンロックは、ヒッパーいわく「いつもなんか泣いてる」らしい。あの黒薔薇の君がめそめそ泣いてるところなんて想像もできないが、だとすれば、隣国のお城に無断で侵入してくるなんてことはやらないのだろうか。

果たして——。

「……アルフィ〜ナァァァァ……」

ふいに、自分を呼ぶ声が聞こえてきた。

アルフィーナは足下を見た。

地の底から響くような暗い声だったから、そうしたのだ。

しかし、灰色の絨毯《じゅうたん》が敷き詰められているだけで、自分の靴しか見えない。

そして顔を上げると——目の前に、長い黒髪の男がぬぼーっと立っていた。

「ぎゃああああああああああああああっっっっ⁉」

思わず悲鳴をあげる。

幽霊が出た、と思い込んだのである。

しかし、その姿——褐色の肌に彩られた整った顔立ちはアルフィーナもよく知っている生者のものである。

「や、ヤヴン様⁉　ヤヴン様なのですか？」

「……ああ……覚えていてくれたんだね……」

弱々しく掠《かす》れた声で言って、ヤヴンは頬と唇をわなわな震わせた。それが彼の「微笑」であると、ワンテンポ遅れて気がついた。

前世とは似ても似つかない、不健康そうで覇気のない隣国王子。

どうやらこれが、今世のヤヴンロック・ヘヴンローズであるらしい。

「ど、どうやってこの部屋まで来られたのですか？」

「誰にも気づかれなかったから」

「ああ、隠形術で？」

「いや。普通に誰にも気づかれなかった……ハハ、僕は影が薄いからよくあることさぁ……」

乾いた声で笑うその姿になんだか哀愁を誘われる。

あまりに王子が弱そうなので、さすがの殺人メイドも取り押さえるのを躊躇《ちゅうちょ》している。取り押さえたら骨の二、三本イッてしまうのではないかというくらい虚弱に見える。

「門番のひとに『いれてください！』って頼んだんだけど……何度も声をかけたんだけど……気づかれなかったんだ……」

「……」

さすがにそれはどうなんだろう。

「その後も、誰にも気づかれなくて……お城ひろくて……ううっ、ここにやってくるのに半日かかった……しくしく……」

「ご、ごめんなさいねヤヴン様。ね？　泣かないで？」

思わずハンカチを差し出すと、ヤヴンは子犬のようにウルウルとした瞳を向けてきた。

「やっぱり、アルは、素敵だね」

「……」

なぜそういう解釈になるのか。

「君がライオネットと結婚するって聞いて……あぁやっぱりそうだよなって思ったよ。君みたいな魅力的な女性は、みーんな、ライオみたいな陽キャに持っていかれるんだ……根こそぎ奪われるんだぁぁぁ……ごめんなさい、陰キャに生まれてきてごめんなさいぃぃぃぃ」

額を床にこすりつけて謝り始めた。

この状態のヤヴンロックは、いったいどんな心の声になってるのだろう?

読心魔法を発動させて、耳をすませてみると——。

■黒薔薇のドンゾコ節
作詞:拙者　作曲:拙僧　編曲:拙速

♪ドンドンドン底　「ヤヴン!」
♪ドンドンドン底　「ヤヴン!」
♪冷たい雨が　降りしきる
♪薔薇の　うえにも　降りしきる
♪天の涙で　濡《ぬ》れる頬

♪なんで泣くかと　尋ねたら
台詞《せりふ》「だって　アルが　お嫁にいっちゃうんだモン……」
♪ああ　意味わからん
♪わけ　わからん
♪わかめ髪　わかめ髪

♪ドンドンドン底　「ヤヴン！」
♪ドンドンドン底　「ヤヴン！」

「……今世は、エンカか〜……」

着流し姿のヤヴンロックがハラハラ涙を流しながら切々と歌い上げるのは、極東独自の音楽である「エンカ」であった。もともとヘヴンローズには極東の技術や文化が入り込んでいることで有名だが、王子の心象風景にまで入り込んでいるとは思わなかった。

それにしても、なんてネガティブな歌！

前世でぽんぽん言いながら飛び跳ねていた陽気な彼はいったいどこに行ってしまったのか？

「お嫁にいっちゃうんだモン」とか言われても困るんだモン！

◆

駆けつけた衛兵にヤヴンが連行されていった後、アルフィーナは再びため息をついた。

無機質な表情で佇《たたず》む殺人メイドに声をかけてみる。

「あなたは前回と変わらないのね。逆にホッとするわ」

彼女は「はあ」と微妙に眉を吊《つ》り上げた。意味をはかりかねているようだ。

「いちおう聞いてみるけど、城の外に散歩に行きたいって言ったら」

「ダメです」

「よね～」

職務に忠実なところも、前世となんら変わらない。ライオやヤヴンの振れ幅のほんの1パーセントでいいから、彼女も変化してくれていたら良かったのだが。

肩を落としているアルフィーナに少しは同情したのか、あるいは単なる話題逸らしか、殺人メイドは言った。

「明日は、外出できますよ」

「えっ、マジ？」

彼女は頷いた。

「このたび現れたという新しい聖女様が皇帝陛下に謁見される日です。アルフィーナ様も出席していただく予定になっておりますゆえ」

「……!!」

アルフィーナは驚きに打たれ、固まった。

なぜ、今まで気づかなかったのだろう。

この世界にだって、これまでと同じく、聖女はやってくるのだ。

謁見に集まった皇族や貴族の男性たちに「強制《ゲイアス》」の魔法をかけて、意のままに操ってしまうあの忌まわしきイベントが。

――101回目の聖女も、やっぱり、ブタさんなのかしら?

表面上は清純清楚《せいそ》、しかしその内面は醜悪なブタそのものであったデボネア・ルア・ライトミスト。

彼女はこの世界ではどんな風に変化しているのだろう?

仮に「前のまんま」だとしたら、やっぱり強制魔法《ゲイアス》を使うのだろうか?

ライオやヤヴンの例を見るなら、真逆の性格になっている可能性もある。

ブタの逆って……何?

牛?

いや、ニワトリというセンも……。

いろいろ考えていると、明日が楽しみになってきた。

「それじゃあ、明日の準備をしておかなくっちゃ！」

「はあ」

「なにしろ大神ゼノスの御遣《みつか》いに会うんですから、ちゃんとしないと。ねえ、着ていく衣装を選ぶから、手伝ってくれない？」

急に元気になったアルフィーナに首を傾げながらも、殺人メイドは従った。

◆

そして翌日――。

宮殿中央にある神殿に、多数の貴族たちがひしめいている。

これだけの人数が集うのは、十年以上前に亡くなった皇后の帝国葬以来のことであるかもしれない。

今日は特に皇帝から召集があったわけでもないのに、この時代に現れた「聖女」の姿をひと目見ようと集まった者が多いのである。

ライオネットの隣に座るアルフィーナにも、貴族たちの囁《ささや》く声が聞こえてくる。

『聖女が現れるのは、実に百年ぶりのことらしい』

『候補者が現れてもなんだかんだとケチをつけて認めなかった教会の生臭坊主どもが、よく認定したものだ』

『絶世の美少女、輝くばかりの美貌と聞くぞ』

『まともに見たら目が眩《くら》んでしまうという噂だ』

『なんの。我が帝国にはアルフィーナ嬢がいるからな』

『応よ。彼女の内なるパワーから滲《にじ》み出る美しさには、たとえ聖女とて敵うまい』


えぇー。

なんでそこであたしが出てくるんですかー。

内なるパワーって、前世までは「おてんばが顔に出ている」とか言われていたのに、まったく物は言いようである。

社交界での評判までもが、今までとは異なっている。

まったく、何がどうなってるのやら。


——このキモチワルイ世界を、なんとかして、ブタさん！


などとアルフィーナが願う中、皇帝陛下の前に白い法衣をまとった淡い金髪の少女が進み出る。

皇帝の前で面《おもて》をあげると、観衆たちからほうっ、という声にならないため息が漏れた。

「お初にお目にかかります陛下。このたび聖女を襲名いたしました、デボネアと申します」

澄んだ美声が神殿内に染み渡るように響く。

デボネアの美貌に、貴族たちはすっかり見とれているようだ。


――いいわよブタさん、その調子！


いい兆候である。

自分を褒めちぎる連中の興味が彼女に集中すれば、赤髪のおてんば令嬢のことなんてほっておかれる。今までのループでもそうだった。このまま強制魔法《ゲイアス》を使ってもらって、ライオネットもキスリングも皇帝陛下も洗脳してもらえば、自由になれるかもしれない――。

そんなことを考えていると、聖女は奇妙なことを言い出した。

「天界を統べる大神ゼノスの聖女となったわたくしですが、今日、陛下の御前にて、その肩書きを返上させていただきたく思います」


――はあっ？

ぽかん、と口を開けたのはアルフィーナだけではない。

他の並み居る貴族たちも呆気《あっけ》にとられた顔で儚《はかな》き金髪の少女を凝視した。

聖女は皇帝陛下に一礼すると、瞳をきらきらさせながら会場を見渡した。

その視線がアルフィーナを捉える。


「わたくしは聖女の称号を本日限りで返上し、代わりにアルフィーナ・シン・シルヴァーナ様を新たな聖女に推挙いたします！」


場内から歓声が起きた。

呆然とするアルフィーナのところに、聖女が駆け寄ってきた。

「素晴らしきアルフィーナ様！　お慕い申しております！」

えっ。

今世では初対面のはずですが……。

「わたくしなどより、貴女様のほうが聖女と呼ぶにふさわしい御方！　どうかわたくしの代わりにこの世の『光』となり、どうか迷える下々をお導きくださいませ！」

「ちょっ、ちょっと待って！　待ってってってば！」

立ち上がって離れようとしたアルフィーナだが、がしっ、と後ろからその肩を摑《つか》まれた。

振り返れば、そこには首をぐるんぐるん竜巻《トルネード》のように回して前髪をぶわさぶわさとはためかせる超絶ウザいライオ殿下が立っていた。

「その手があったかぁぁぁあああああああああああああああああ！」

「どの手ですか⁉」

「俺のアルが聖女になる！　そして俺と結婚する！　聖女が妃殿下、みんなハッピー！　ぱーふぇくつな計画ではないかっ‼　どうしてこれを思いつかなかったかなぁ！　かぁーっかぁぁぁーっ！」

カァカァうるさい皇子をなんとかしてもらおうと周囲を見回すと、視界の端に滂沱《ぼうだ》の涙を流したキスリングがひっかかった。

「なんちゅうことを……なんちゅうことを言うてくれたんや……デボネアはん……」

「いったい誰なのよあんた⁉」

ころっころとキャラが変わる帝国一の俊英、十秒ごとにアホになるはずだがもはや毎秒じゃないのと、無限にツッコミたい。

「せやせや！　アルフィーナはんが聖女になればサイキョーや！　これで帝国は安泰ピョーーーーン！　みんな幸せピョーーーーーーーーーーーーイ‼」

ぴょいぴょいうるさいクソメガネの後ろでは、カルルが負けじと喜びを爆発させている。

「やったーーーい！　ぼくのねえさまが、聖女だっ！　やっぱりねえさまはさいこーだよ‼」

「おいカルル、そんなに飛び跳ねたら危ないって」

こんな時でも常識人のヒッパーくんが唯一の慰めか。

火に油を注ぐかのように、デボネアが声を張り上げた。

「どうやら皆様に異存はないようですわね！　陛下、ご裁可を！」

皇帝が頷いた。

「余に異論などあろうはずもない。ゼノス教会にも余が話をつける！　余のアルフィーナが、アルちんが、聖女ぢゃ!!」

ぽんだのぴょんだのちんだの、もう好きに呼んでくれという感じになってきた。

テンションだだ下がりのアルフィーナをよそに、会場のテンションは天井知らずに上がっていく。

「聖女アルフィーナ様、ばんざいっ！」

デボネアが始めた万歳に、皇子とキスリングが続き、さらに会場じゅうに広がっていった。

「聖女アルフィーナ、ばんざい！」

「アルフィーナ妃殿下、ばんざい！」

「ばんざーーーい！　ばんざーーーい!!」

万歳の嵐が会場に巻き起こる。

ただひとり、称えられ持ち上げられている本人だけを置き去りにして。

ああ……。


——はっ。そうだわ！

意識が絶望の底へと落下しかけていたアルフィーナだが、ギリギリのところで踏みとどまった。

こんなことを言い出した聖女！

聖女デボネアの心の声を聞いてみたら、何かわかるかも知れない――。

というわけで、さっそく精神集中し、目の前でバンザイバンザイしている聖女の顔を見つめながら心の耳をすませてみると――。


（ブ●●ッ！　●●●●、●●●と●●●、●●●●●●！）

（●●●●が、●●●●●●●●で、●●●●●●よ）

（●●●●●●●●●●●●●●、●●●●●●●●●●●●●〜！）


えっ⁉

なに、この●●●は？

心の声に、ところどころ雑音が混じっている。

ほとんど聞き取れない。

デボネアの心に認識阻害魔法がかけられているのだ。


――いったいこれは、どういうこと？

こんなことは初めてだった。

ヒイロがいれば質問攻めにしたくなるところだが、あいにく、この101回目ではまだ忠実な白猫はその姿を見せていない。

だから、自分でなんとかしなくてはならないわけで――。

認識阻害魔法を打ち破り、デボネアの本心を解き明かすことが、鍵となるかも知れない。

追い詰められたアルフィーナとしては、もう、それに一縷《いちる》の望みを託すしかないようである――。

◆

そうして、一ヶ月後――。

またもや結婚式の日がやってきてしまった。

新聖女アルフィーナとライオネットの結婚式は、前世と同じく大聖殿で行われる。

前世をはるかにしのぐ盛大さで、招待客も諸外国から大勢呼んでいるらしい。今世ではヤヴンロック王子も正式に招待されているようだった。

花嫁の控え室で黄昏《たそが》れている聖女な公爵令嬢を、両親が見舞った。

「おお、アル。綺麗《きれい》だよ。本当に本当に綺麗だよ」

「ようやく、ようやくここまでこぎ着けて。ああ、天界のお義母様《かあ》、ご覧になっていらっしゃいますか。あのおてんば娘が、ついに殿下と結ばれます！」

ああこの台詞は前世と同じだわー、なんて、もはや傍観者モードに入ってしまっている。

続いて、カルルとヒッパーがやってきた。

今回もベールボーイを務めてくれる二人はあいかわらず可愛らしく、アルフィーナの荒《すさ》んだ心を和ませてくれる。

「ねえさま！　結婚しても、あそびにいってていいよね？　ねえ？」

「もちろんよ」

よかったぁ～！　とカルルは胸をなで下ろした。

「ヒッパーくんがね、聖女で妃殿下になったねえさまには、そう簡単に会いに行けないっておどかすんだもん」

「いや、だって普通に考えたらそうだろ」

頭をかいているヒッパーにも、アルフィーナは微笑《ほほえ》みかけた。

「そんなことないわ。カルルもヒッパーくんも、いつでも遊びに来てちょうだい」

「でも……」

「どんな肩書きになってしまっても、どんな運命を背負わされても、あたしはあたしだもの」

それは自分で自分に言い聞かせる言葉だった。

——そうよ。しっかりしなくっちゃ。


どんな状況でも、何度首ぽんされても、あたしは生き残ってきたじゃない。

手の甲に刻まれた「魔法の紋章」をアルフィーナは撫《な》でた。

いざとなったら、これを——。

その時、ライオネットが入室してきた。

あいかわらずルックスだけは美しいのだが、前髪が風もないのにぶわさぶわさと揺れているのはいったいどういう原理なのか。今世は彼の性格と前髪から、重さがなくなってしまったかのようである。

「いよいよだネ☆　アルっ♪」

「アッハイ」

「行こうゼーーーーーーット！」

「アッハイ」

帝国にカップルや夫婦は数あれど、ここまでテンションに差がある二人は稀《まれ》なのではないだろうか。

そんなことを思いながら、アルフィーナは前世と同じく伴侶となる男性の手を取った。

◆

新郎新婦が入来すると、大聖殿に集った来賓から大きな歓声が起きた。

前世では「声にならないため息」だったのが、今回はともかく派手である。

これもライオ殿下の変わり果てた人格が影響しているのかしらと、アルフィーナはこの世界のよくわからない理《ことわり》に思いを馳《は》せた。

皇子に手をひかれて、己の髪のように赤いバージンロードを祭壇までゆっくりと進む。

人生の墓場へと進む道であった。

その先には皇帝タイガ四世と、そして見届け人として元・聖女デボネアが祭壇の両端に佇んでいる。

前世では集まった来賓たちの囁き声がいろいろと聞こえてきたが、今世は誰ひとり意味のある言葉を発しない。ただただ、ため息と、歓声と、それだけがアルフィーナの耳に届いている。

祭壇の前に辿り着くと、皇帝が前世よりさらに厳《いか》めしい声を発した。

「余はここに宣言する。ライオネット・ライオーンと、アルフィーナ・シン・シルヴァーナは夫婦となった」


二人は頭を垂れて、その言葉を恭しく受け取った。

会場から大きな拍手が巻き起こる。

続いて、デボネアは微笑とともに口を開いた。

「わたくしも、ここに宣言いたします。本日をもってわたくしは正式に聖女の座を退き、アルフィーナ・シン・シルヴァーナ様にお譲りいたします。それこそが大神ゼノスの御意志であり、この世界が光に満ちたものとなるために必要なことなのです――」

会場じゅうに、さっきよりさらに大きな拍手が巻き起こった。

拍手に交じって「ドン♪　ドンドン♪　ドンヅコ♪」と地獄の底から響くようなくらーい歌声が聞こえてくるが、アルフィーナはそちらを見ないように努めた。

大一番で、精神集中を損なうわけにはいかないのだ。

「それでは、聖女を譲位する証《あかし》として、大神ゼノスの御遣いの証であるこの翠玉《すいぎょく》を、アルフィーナ様にお渡しいたします！」

淡い金髪を彩るサークレットを、聖女は外した。

そこには巨大な翠玉の宝石がはめられている。

アルフィーナは知っている。

この翠玉は魔法の触媒であり、これまでの１００回、帝国じゅうの男性に強制魔法《ゲイアス》をかけて洗脳してしまったことを。

そのサークレットを、アルフィーナに渡すというのは、いったいどういうことなのか……。

「さあ、アルフィーナ様」

清らかな笑みとともに差し出された翠玉をじっとアルフィーナは見つめ、それからデボネアの瞳を見つめた。

「ありがとうデボネア。あなたの心遣い本当に嬉《うれ》しい――わっ！」

アルフィーナが手を伸ばしたのはサークレットではなく、それを持つデボネアの手であった。

手首をしっかりと握り、離さない。

「ど、どうなさったのですアルフィーナ様？　いったい何を？」

「用心深いあなたに接触できるのは、この時だけだと思っていたのよ」

自分の心にまで認識阻害魔法をかけているくらいだ、デボネアの警戒心はかなりのものだとアルフィーナは踏んでいた。だからこの時を待っていたのだ。

おそらくこの魔法は、自分ひとりでは無理だ。

手の甲に記された「魔法の紋章」を通じて、前世で待ってくれているヒイロとカルルの力を借りて――。


「精神潜行《ダイブ》！」


紋章が光り輝き、魔法が発動する。

古代魔法のひとつ。

読心魔法のさらに上位に位置する、直接相手の心の世界へと行くことができる魔法である。

アマゾネの森の祖母の家で暮らしていた時に、書物で読んだだけ。

成功するかどうかは未知数の、まさにぶっつけ本番の荒行であった――。

◇

夢。

夢を見ている。


自分が夢を見ているという自覚が、アルフィーナにあった。

そこはなんだかふわふわした草原の上であった。草原がふわふわなんて言い方はおかしいが、踏みしめた靴の裏に伝わってくるのは、なんだか雲の上にでもいるかのような頼りない感触なのである。

現実世界ではありえない。

ループ後に目覚めるのとは、またちょっと違う感覚――。

ここが、聖女の精神世界なのだろうか?

見渡す限り広がる草原、その地平線の彼方《かなた》に、ピンク色に輝いている箇所がある。

まるでそこから太陽が昇るかのようにぼうっと光り輝いているのだが、ピンクの太陽なんて聞いたことがない。

好奇心にかられて近づいていくと、やがて、そのピンクの輝きの正体があきらかになった。

──まぁ、可愛いブタさんたち！


常々聖女のことを「ブタ」と呼んできたアルフィーナだが、そこに集っていたのは正真正銘のブタの群れ、ぶーぶー、ぶひぶひ、鳴いている可愛らしい子豚たちだった。

みんなツヤツヤとして、まるまると肥え太っている。

可愛い。そして美味《おい》しそう──と、容赦のない素直な感想をアルフィーナは抱《いだ》いた。

子豚たちは、ぶひぶひ言いながら同じところをぐるぐる回っている。

その中心には、ひときわ大きな「ボス豚」が椅子に座っている。

それこそがまさしく、聖女デボネア・ルア・ライトミストの姿であった。


「シャーッシャッシャッシャッシャッ‼」


──ああ、お馴染《なじ》みの笑い声‼

懐かしさを感じて涙が出そうなアルフィーナだが、向こうはこちらに気がついてない。聖女も、子豚たちも、赤髪の令嬢の接近にはまったく気づかず、にぎやかな宴会を開いているようだ。

どうやら自分は「幽体」のような存在で、この精神世界にやって来たらしい。

それが証拠に、子豚たちを撫でようとしてもその手は空を切るばかり。あくまで聖女の精神世界を「見るだけ」で、干渉することはできないようだ。

当然、向こうもこちらには気づかない。

気づかれないのなら、ということで大胆に近づいていったアルフィーナの目に飛び込んできたのは、聖女の座る「椅子」の正体だった。


——あ、あたし⁉


そう、聖女が腰掛けているのは、従順そのものという様子で四つん這《ば》いになっているアルフィーナの背中であった。

……ナルホド。

聖女の頭んなかで、あたしの扱いって、こんな感じなんだ～……。

「ぐふふのふー。どう？　このアタシの完っペキな作戦に声も出ないでしょ？」

それはそれは楽しげに高笑いしながら、聖女はのたもうた。

どうやら椅子にしているアルフィーナ、通称・椅子フィーナに向けて勝ち誇っているようだ。

「本当はね、強制魔法《ゲイアス》で国じゅうの男を操り人形にしちゃうつもりだったんだけど、アンタの影響力が思いのほか強くて、不完全なものになりそうだったの。だから急遽《きゅうきょ》、予定変更。アンタを褒めて褒めて褒めちぎって、代わりに聖女にしてやるとかウマイこと言ってやって！　骨抜きにして！

そこにアタシが付け込むっていう計画よ！　さっすがアタシ！　さすアタ！」

ッシャッシャッ！　とまたもや笑い声が響く。

椅子フィーナは卑屈な声でのたもうた。

「あーんもう、デボネア様すごすぎますぅ。完璧ですぅ。あたしなんてお呼びじゃないですぅ。もう骨抜きのめろめろですぅ」

「あったりまえでしょー！」

高笑いする聖女の周りを、子豚たちがぶっひんぶひひん♪　と軽やかにステップを踏みながらぐるぐると回る。

「ねえクソフィーナ。金色の宝剣は誰のもの？」

「デボネア様のものです」

「黒薔薇の君は？」

「デボネア様のものです」

「帝国一の俊英は？」

「デボネア様の」

「魔法の天才児は？」

「デボネア様のです」

「この世のありとあらゆるイケメンは？」

「みーーーんな、デボネア様のものです！」

聞くにたえない見るにたえない媚《こ》びっ媚びの椅子フィーナの背中の上で、聖女は体を激しく揺らして笑い転げている。

「そっかそっかぁ♪　この世にいるイケのメンはぜぇーんぶアタシのかぁー！　ふははは。帝国さいっこー！　人生さいっこー！」

ブヒィィィィィィィィン！

……と、勝利のおたけびをあげる聖女に、子豚たちのブヒブヒ鳴く声が重なり合い、なんとも不可思議なハーモニーが奏でられる。

アルフィーナは圧倒され、あるいは呆《あき》れて、その光景を見守るばかりである。

ここまで振り切れたクズだと、もう、いっそ清々しさすらある。

このあいだ成敗した小悪党・はちみつクマさんとは雲泥の差。

悪としての格が違いすぎる。

まさに彼らが崇拝するだけのことはある大悪党、いや、大悪豚が、このデボネア・ルア・ライトミストなのだ――。

◆

はっ、と夢から覚める感覚があった。

気がつけば、そこは元の大聖殿。多くの観衆が集う結婚式の最中であった。

聖女が、己のサークレットを外してアルフィーナに譲渡しようという、まさにその瞬間に、アルフィーナは戻ってきていた。

「ど、どうなさったのですアルフィーナ様？　いったい何を？」

公爵令嬢にがっちりと手首を握られているデボネアが、ぱちくりぱちくり、瞬きを繰り返している。

アルフィーナは顔をあげ、その純真無垢《むく》な瞳を見つめた。

「ありがとう。デボネア」

「……ええ、どういたしまして……？」

戸惑いながら微笑む彼女に、アルフィーナも微笑みをかえす。

「このありがとうはね、聖女を譲ってくれたことに対してじゃない。あなたがあなたでいてくれたことに対する『ありがとう』よ」

「ええ、あの、おっしゃる意味が？」

「何もかもが変わってしまったこの101回目の世界で、あなただけが、変わらずにいてくれた。あなただけが、そのまんまだった。たとえ千回、あるいは万回、億回繰り返しても、ずーっと、あなたはあなたでいてね」

まぁ、それはそれとして――。

アルフィーナは握っていた聖女の手首を離すと、その首の後ろに両手をまわして、思いっきり引き寄せた。

前のめりになる聖女の腹に――アルフィーナ膝蹴り！

「ブッパボンッッ⁉」

「よっくも、人のからだを椅子にしてくれたわね？」

結婚式にあってはならないキラキラしたものを口からぶちまけながら、聖女デボネアが吹っ飛ぶ。

「イケメンは全員あなたのものですって？　殿下や黒薔薇やメガネはいくらでも持っていけばいいけど、カルルはだめ！　人の弟に何考えてるのよ！」

「ななな、何をおっしゃいますのアルフィーナ様？　ご乱心⁉」

「あなたに比べれば、ずーっとまともよ！」

追撃を加えようとしたアルフィーナから逃げて、聖女は祭壇に用意されていたウェディングケーキの陰に隠れた。なおも回り込もうとするアルフィーナに対して――。

「そぉい！」

と、勇ましい掛け声とともに、自分の身の丈以上もある巨大なケーキを蹴倒した。

間一髪、アルフィーナは横っ飛びで逃れたが、老体の皇帝陛下は避けることができず、全身生クリームまみれ、白い髭《ひげ》をますます白くするハメになった。

「むぎゅううぅ～」

鼻の穴にイチゴを詰めてぶっ倒れた陛下の上を、アルフィーナはぴょんと飛び越えていく。

「へっ、へいかーー！」

「誰か、誰かタンカを‼」

場内が大騒ぎになるなか、雄叫《おたけ》びが響く。


「ブヒヒィイイイイイイイイーーー‼」


ついに聖女はブタの本性をむき出しにした。

「なんか知らんけど、バレてるんならしかたないわねぇ⁉　クソフィーナ！　アンタここで死になさい！」

上級魔法・猛炎《バーニングフレイム》が指先からほとばしる。

この問答無用の攻撃、まさにブタ野郎である。

「なんのっ！」

またもや間一髪、後方へ跳んでかわしたアルフィーナだが、間の悪いことに、皇子が婚約者をかばおうと飛び込んできた。

「アルをレスキュー！　略してあるきゅー♡」

「殿下⁉　あぶないっ！」

魔法攻撃をまともに喰らうような金色の宝剣ではない――はずだが、前世と違って前髪がウザいせいで、そこに火の粉が飛んで燃え始めた。

「アーチーチー♪　アーチー♪　燃えてるよ～　アルと俺の恋がバーニングゥー♪」

あくまで軽薄に、そして軽快に、不運《ハードラック》とダンスを踊るライオネット・ライオーン。

これはこれで楽しそうなのかなあ、と思ってしまうがそれどころではない。

「キスリング！　殿下の介抱を頼むわよ！」

「なんちゅうケーキを、なんちゅうケーキを食わせてくれたんや、デボネアはん……」

「キスリング⁉」

クソメガネはケーキの流れ弾を喰らったらしく、メガネが吹き飛んで前が見えなくなっていた。

もろい。脆《もろ》すぎる。もしかしてメガネが彼の本体なのかと疑ってしまいたくなるくらいだ。

「ねえさま！　助太刀するよ！」

「ダメよカルル！　あなたはヒッパーくんと一緒に離れていて！」

助けに来てくれようとする弟を、ヒッパーが羽交い締めにして止めている。

「だめだカルル！　このお笑い軍団と関わったらダメだ！」

ひどい言われようだが、実際ひどい有様なので言い訳のしようもない。

来賓たちが我先にと出口へ逃げていく中、逆行して、ワカメみたいな黒髪をした着流しの男が近づいてくる。

「どんっ♪　どんどん♪　どんぞっこっ♪　ヤヴン～♪」

「ヤヴン様！　こんな時に歌わないでください！」

「でも、でも、ボクにできることなんてエンカを唸《うな》ることくらいだから……ううっ、おこんないでよぉ」

「怒ってません！　怒ってませんから離れてて――ほら危ない!!」

聖女の放った「雷撃」が、ふらふら近づいてきたヤヴンロックを直撃した。

ビリビリビリッ！

激しい音とともに感電し、ドン底ヤヴンからビリビリヤヴンへと変わり果てて黒焦げになった。

さすがに死んだか!?　と思われたが、かすかに手足がピクピクしている。前世より頑丈かもしれない。

「いいのデボネア？　あんたの大事なイケメンが次々とくたばってるんだけど」

「アンタが避けるからよ、クソフィーナァ！」

デボネアは自分の腕と腕を十字架のように交差させた。

その十字架に、みるみる、光のエネルギーが満ちていく。

――うわ、初めて見る！

光の超級魔法「十字光線」である。

アルフィーナでさえ文献で知ってるだけの、超絶レア魔法。

まさに聖女しか使えない、光魔法の究極技であった。

「このアタシ様最凶最大の魔法よ！　今度こそ死になさァいっ!!　目ッ障りな公爵令嬢!!」

「なんの――」

ヒイロがくれた手の甲の紋章の力を借りようとして、しかし、アルフィーナは考えを変えた。

このブタは、あくまで自分自身の力で倒す。

99回彼女に殺されている自分には、その力があるはずだ。

もう二度と、やられはしないんだから！

十字架を形作る光の奔流が、アルフィーナへ向かって押し寄せる。赤い髪が千切《ちぎ》れんばかりにたなびき、足下が浮き上がり、吹き飛ばされそうになる。おへその下に力を込めて思い切り踏ん張って、両手を重ね合わせて、十字光線に立ち向かった。

「鏡面結界ッ！」

祖母ユリナールが編み出した「魔法攻撃を放った術者に、攻撃をはじき返す」という障壁だった。
アルフィーナの体が十字の形に焼き尽くされるその刹那、前方に発生した鏡の壁がそれを遮り、弾いて、光の十字はそのまま放った聖女へと襲いかかった。

「ミギャアアアアアアアアアアアアアアア!!」

前世と同じ断末魔を、聖女はあげた。
自分の放った光の奔流を全身に浴びて、聖女の体は塵《ちり》となって消え去っていった。

「自業自得ってやつよ」

これで2勝99敗。
戦績でみれば圧倒的だが、連勝だ。そして、もう二度とやられはしない。

——さて。

宿命の大決戦を終えて振り返ってみると、大聖殿はひどい有様であった。

貴族たちはもう逃げてしまって、辺りはしーんと静まりかえっている。

真っ赤なバージンロードには生クリームやら焦げたメガネやらが散乱していて、そこに折り重なるように皇帝陛下&残念イケメントリオが倒れている。


自分の結婚式をここまでめちゃくちゃにする女って……。


自分で自分にドン引きするアルフィーナであった。

この後始末って、尻拭いって、まさか、あたしがやらなきゃいけないの——？

と、思った瞬間、アルフィーナの心がゴーホームの歌を奏で始めた。


うん。

とりあえず……………帰ろうっと♪


紋章が刻まれた右手を高々と掲げ、時空を超えて、待っていてくれる二人に呼びかける。

「ごめんねーーーヒイロ！　カルル！　またまたやらかしちゃいましたーーーーー‼」

◆

目が覚めると、そこはベッドの上だった。

「おお、気がついたかアル！」

ゆっくり瞼《まぶた》を開くと、そこには不安げにこちらを覗《のぞ》き込むライオネット皇子の顔があった。

「殿下？　ここは」

「病室だ。結婚式の途中、いきなり倒れたから心配したんだぞ」

「……今は、何年何月何日でしょう？」

皇子は表情を曇らせた。

「８４７年の3月15日だ。本当に大丈夫か？　頭を打ったのではないのか？」

「いえ……大丈夫だと思います」

どうやら自分は、無事に１００回目の世界に戻ってくることができたようだ。

皇子の態度が何よりの証拠だ。この生真面目な態度は、アルフィーナがよく知っている皇子のもの。

間違ってもヒィアヒィア言い出すような人ではない。

体を起こすと、広い部屋には見知った顔ばかりがいた。

ライオネットのほか、キスリング、カルル、さらにヤヴンロック王子までもが、アルフィーナの横たわるベッドを取り囲んでいた。

もちろん、白猫のヒイロも、ベッドの下で様子をうかがっている。

「まったく心配させないでください。これからの結婚生活が思いやられますよ」

お小言を言うキスリングの顔を、アルフィーナはまじまじと見つめた。

「ねえキスリング。あなた十秒ごとにアホになったりしないわよね？」

「……は？」

「しないわよね？」

「当たり前でしょう。僕のように優秀な男は、常に知性から離れられないようにできているのです。

ああ、困った困った」

などと、キザったらしい物言いも間違いなくクソメガネのものだった。

「やっぱりライオと結婚なんぞしないほうがいいんじゃないか？」

と、憎まれ口を叩いてきたのはヤヴンロック。

「アルが倒れるなんて、よっぽどのことだろう。それだけライオとの婚約がショックだったんだ。

そうだろう？」

「はあ……」

まぁ、それはその通りなんだけれど。

「あの、ヤヴンロック様？」

「なんだ？」

「エンカはお好きですか？」

黒薔薇の君は首を傾げた。

「極東のアレか？　いや、陰気な雰囲気の曲が多くて、あまり好きではないな」

「ですよねー」

いつも陽気に、ダンスでもしていそうなのがヤヴンロックという人だ。

やっぱりこの三人は、今世の個性が一番しっくりくる。

次にアルフィーナは、カルルの顔を見つめた。

「カルル、あなたは……」

「？」

「あなたは、今世でも来世《ループ》でも素敵よ」

あっちのカルルも愛《いと》おしいし、こっちのカルルも愛おしい。どのカルルも最高だ、それを確認できたのが101回目のループの成果であった。

ライオネットが仕切り直すように言った。

「アルの容態が回復するまで、結婚式は延期とするよう、陛下がおっしゃられている」

「マジですかっ」

思わぬ副産物であった。

この猶予が与えられているうちに、今度こそ、軟禁生活から逃れる術《すべ》を考えなくては。

今度は、来世に頼るのではなく。

あくまで、今世にて、安息の地を探し求めよう。


『そういうわけだから、ヒイロ。今後ともよろしく頼むわ』

『そのお言葉を待っていました！　私はいつまでも、アルフィーナ様のおそばに！』


心の声で呼びかけると、にゃあん、とベッドの下で声がした。


「むっ、こんなところに白猫がいるぞ」

「本当だ。ライオーン帝国では宮殿内で猫を飼う風習があるのか？」

「どこからか入り込んだのでしょう。お城に棲《す》み着くなんて、奇妙なこともあるものです」

訝《いぶか》しがる皇子たちを見て、アルフィーナとカルルは、くすくす笑うのだった。

◆

結局、どこの世界に行っても、自分は自分。

何度繰り返したって、自分は自分。
——あたしがあたしである限り、絶対にあきらめるもんですか！
何度ループしたって、楽しく生き抜いてやろうと誓う公爵令嬢であった。

あとがき

一巻に引き続きお目にかかります、裕時悠示です。

くくループ令嬢二巻、いかがでしたでしょうか。

今回は二本立て。
弟とその友人のために奔走するアルフィーナ、皇子に捕まって結婚式を早められてしまい進退窮まり、ついに101回目のループを敢行するアルフィーナ、という内容になっております。楽しんでいただければ幸いです。

見所はやっぱり、ひだかなみさんのイラストです！

特にカバー、「ひきつった顔でバージンロードを歩くアルフィーナ」というリクエストを美麗かつ壮麗かつコミカルに描いていただけて、完成品があがってきた時「よっしゃあ！」とガッツポーズしてしまいました。個人的には足下の「アルフィーナ様だいじょうぶかにゃー」的な白猫ヒイロがツボだったりします。皆様にも楽しんでいただけますように。

謝辞を述べさせていただきます。

今回もイラストを担当してくださったひだかなみさん。ヒッパーくんのデザイン、最高でした。ばっちりすぎました。普通にただのファンになってる作者……。本当に本当に本当にありがとうございました。

担当のコハラさん。今回めっちゃ原稿が遅れ、ギリギリの進行で大変申し訳ありませんでした。どうかにこうにか完成できたのは、本当にコハラさんのおかげです。ありがとうございました。

そしてなんといっても、読者の皆様。今回もなかなかにブッ飛んだお話になりましたが、読んでくださる皆様のおかげで、こうして世に出すことができています。大感謝、であります！

それでは、本日はこのへんで。
お付き合いいただき、ありがとうございました。

DRE NOVELS

99回断罪されたループ令嬢ですが今世は「超絶愛されモード」ですって⁉ 2
～真の力に目覚めて始まる100回目の人生～

2023年2月10日　初版第一刷発行

著者　裕時悠示
発行者　宮崎誠司
発行所　株式会社ドリコム
〒141-6019　東京都品川区大崎2-1-1
TEL　050-3101-9968
発売元　株式会社星雲社（共同出版社・流通責任出版社）
〒112-0005　東京都文京区水道1-3-30
TEL　03-3868-3275
担当編集　小原豪
装丁　AFTERGLOW
印刷所　図書印刷株式会社

Printed in Japan
ISBN978-4-434-31576-3

ファンレター、作品のご感想をお待ちしております。

右のQRコードから専用フォームにアクセスし、作品と宛先を入力の上、コメントをお寄せ下さい。
※アクセスの際に発生する通信費等はご負担ください。

婚約者が浮気相手と駆け落ちしました。王子殿下に溺愛されて幸せなので、今さら戻りたいと言われても困ります。2

櫻井みこと
［イラスト］黒裄

サルジュと婚約してから1年。第二王子エストの婚約者であり、王立魔法学園に留学するジャナキ王国の第四王女クロエ王女殿下を迎えに行くことになったアメリア。初めての外交に戸惑いながらも、サルジュも同行してくれることになり安堵した彼女だったが、赴いた先でトラブルに巻き込まれてしまい……。

「……無事で、よかった。君の代わりは誰にもできない。そして何よりも、私の最愛の人なのだから」

異国でも私、王子殿下から愛情を注がれています。第四王子と田舎の伯爵令嬢、身分も実績も違う二人が送る究極のラブロマンス第2弾!

DRE NOVELS

恋する魔女はエリート騎士に惚れ薬を飲ませてしまいました
～偽りから始まるわたしの溺愛生活～

榛名丼
［イラスト］條

「魔女というだけで犯人などと、なんの根拠にもなっていない」

　王都外れの森にひっそりと暮らす人見知り魔女のセシリーは、窮地を救ってくれたクールな騎士団長ジークに一目ぼれした。昔から恋に恋する彼女は運命の人とついに出会えた、と胸を躍らせるが、思わぬ事故からセシリーお手製の惚れ薬を彼に飲ませてしまって……。

「俺と付き合ってくれ、かわいいセシリー」「つ、つつ、付き合います」

　偽りの恋人関係成立……!?　果たして偽りから始まった溺愛の行方は――？　ピュアすぎる二人が送る、甘々ハートフルコメディ！

DRE NOVELS

やめてくれ、強いのは俺じゃなくて剣なんだ!

馬路まんじ
［イラスト］かぼちゃ

魔剣に呪われてしまったクロウ。彼の体をのっとった魔剣は、犯罪者や魔物を斬り、その魂を喰らっていく。呪われたのがバレたら自分が始末されてしまうと考えたクロウは、『悪を赦さぬ断罪者』として自分の意思で犯罪者や魔物を倒しているフリをすることにした（倒しているのは魔剣だけどね!）。が、それがかえって周囲の人々の賞賛と尊敬を集めて、ますますのっぴきならない状況に追い込まれてしまい!?

クロウ「悪よ、滅びろ（うえええええ、もう戦いたくないよおおお）」
魔　剣『魂!　喰ウ!　喰ウ　!!　喰ウ!!!　喰ウ!!!!』

クロウくんの明日はどうなる!?

DRE NOVELS